UN RISQUE POUR ELLE

UN RISQUE POUR ELLE

(NOVELLA)

POUR ELLE — ROMANCE À SUSPENSE
TOME TROIS

TONI ANDERSON

TRADUCTION PAR
SOPHIE SALAÜN

AUTRES LIVRES DE TONI ANDERSON EN FRANÇAIS

POUR ELLE — ROMANCE À SUSPENSE
Un sanctuaire pour elle
Une dernière chance pour elle
Un risque pour elle

N'hésitez pas à visiter la boutique de Toni Anderson pour découvrir ses autres livres et bénéficier d'offres exclusives !
https://toniandersonshop.com

Dédié à mes lecteurs.

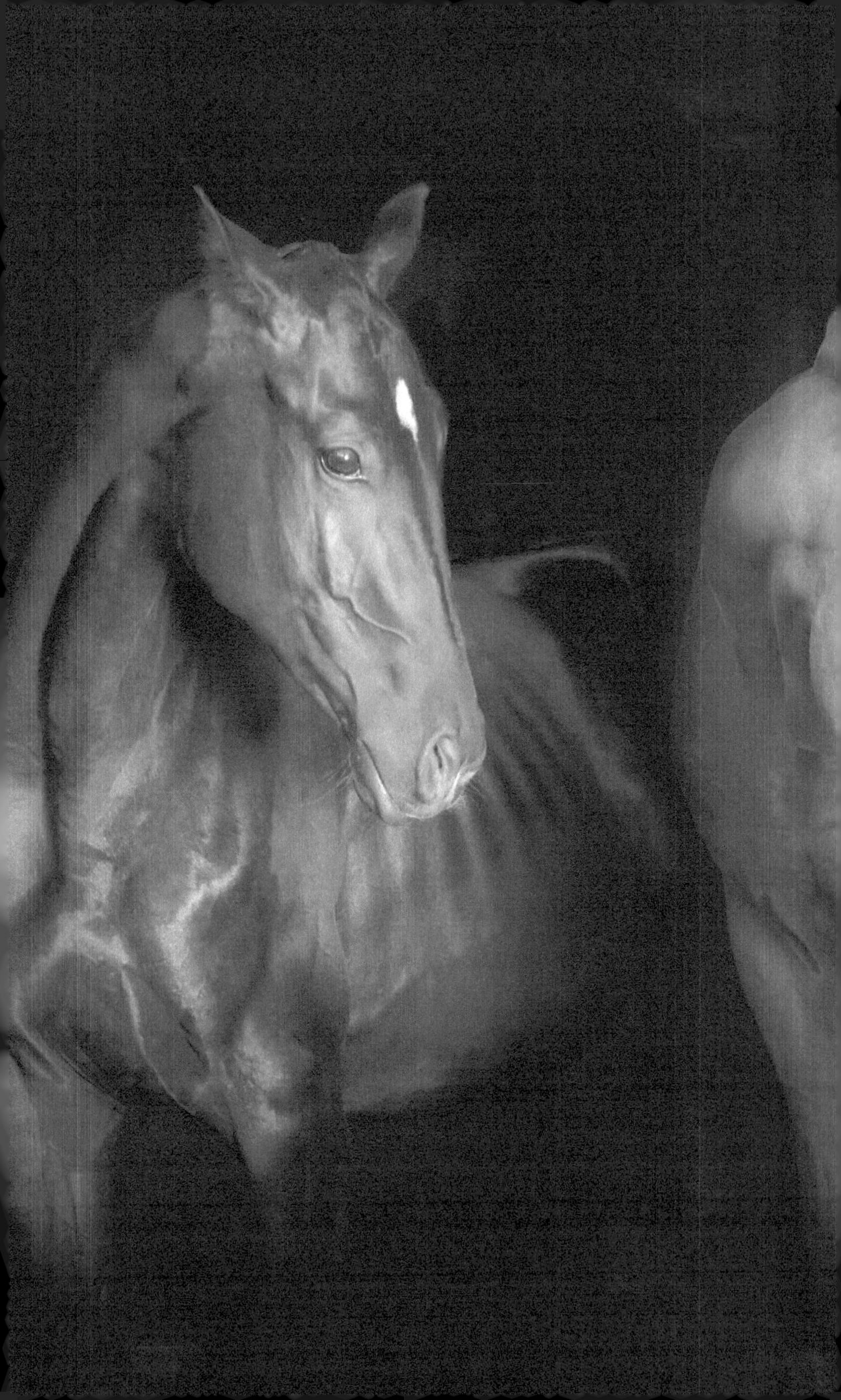

CHAPITRE UN

C'était le mois de novembre dans le « *Treasure State* », le ciel était si bleu qu'il faisait miroiter le bronze de l'herbe morte, et les quelques feuilles qui restaient sur les arbres scintillaient d'un or pur. L'odeur de la terre sombre et parfumée s'élevait, imprégnant la vallée, se mêlant à l'odeur âcre des chevaux et à celle du savon de selle et du cuir.

Cal Landon resserra la sangle de deux crans supplémentaires lorsque la tranquille jument baie tourna la tête pour lui lancer un regard mécontent. Morven était intelligente et facile à vivre, mais ces derniers temps, elle devenait grosse et paresseuse. Lorsque le manège chauffé serait construit, la jument serait d'une aide précieuse pour aider les enfants et les adultes à apprendre à monter à cheval, mais, en attendant, Cal se disait qu'elle avait tout intérêt à faire un peu d'exercice. Il avait sellé un hongre rouan pour Ryan et attendait que le cow-boy sorte après le petit déjeuner. Cal sortit un cure-pied de sa poche arrière et vérifia les sabots des chevaux, retirant les mottes de terre séchée.

Avec Ryan, ils devaient vérifier les clôtures près du réservoir, ce jour-là. Le bétail ne cessait de s'échapper sur la route et il ne voulait pas qu'il y ait d'accidents. *Il doit y avoir un trou dans la clôture quelque part.* Ryan et lui auraient pu y aller en voiture, mais les chevaux avaient besoin d'exercice et ils aimaient tous les deux faire les choses à l'ancienne.

Le ranch Triple H appartenait aux Sullivan : Nat et sa femme Eliza, ainsi que la sœur et le frère de Nat, les jumeaux Sarah et Ryan. Nat et Cal étaient des amis proches depuis l'école et ce dernier avait travaillé au ranch après sa sortie de prison.

La plupart du temps, il parvenait à oublier cette période sombre de sa vie, et les Sullivan lui facilitaient la tâche. Ils ne le jugeaient pas, ils ne lui en voulaient pas. Sans leur soutien indéfectible, il aurait sans doute déconné des années plus tôt. En dehors du ranch, certaines personnes s'évertuaient à lui rappeler qu'il n'était rien d'autre qu'un meurtrier.

Une brise descendait de la chaîne des Flatheads, accompagnée d'un soupçon de givre.

L'automne était une période calme au ranch. Ils avaient quelques centaines de têtes de bétail qui avaient besoin d'un abri contre le froid et d'un approvisionnement constant en nourriture et en eau, mais ce n'était pas une période de l'année particulièrement pénible.

Ryan et lui se débrouillaient à peu près seuls, avec l'aide occasionnelle d'Ezra, quand l'arthrite de ce dernier ne faisait pas des siennes. Nat et Eliza étaient occupés à superviser la construction du manège et à mettre en place la partie élevage de l'entreprise.

Les choses s'amélioraient pour les Sullivan.

Cal attrapa les sacoches qui contenaient une hache, une bêche, deux marteaux, des clous et quelques bobines de fil de clôture. Assez pour colmater les brèches qu'ils trouveraient jusqu'à ce qu'ils puissent évaluer l'ampleur des réparations à effectuer.

Il enfila ses gants de travail et passa prudemment sa jambe

par-dessus le dos de sa jument. Elle dansa pendant une minute, s'adaptant à son poids, puis s'apaisa et frotta son museau contre la clôture en bois.

Sarah Sullivan sortit de la maison, sa trousse de médecin dans une main et une boîte à lunch Hello Kitty rose dans l'autre. Sa bouche s'assécha, comme chaque fois qu'il l'apercevait. Elle lui adressa un signe de la main, accompagné d'un sourire joyeux. Il sentit qu'il lui souriait en retour, et que son cœur s'emballait. Ryan sortit derrière elle, portant sa fille Tabitha. Le cow-boy attacha sa petite fille dans son siège auto et lui donna un gros baiser sonore qui fit rire la petite fille, puis il rejoignit Cal en trottinant.

Ce dernier regarda Sarah partir en voiture.

— Tu devrais tenter ta chance, dit Ryan en enfourchant son cheval.

Cal plissa les yeux.

— C'est de ta sœur que tu parles.

Ryan ricana.

— Oui, mais ce n'est pas moi qui veux lui sauter dessus.

Cal l'ignora et lança Morven au trot devant le ranch, mais Ryan n'en avait pas fini. Ce que les jumeaux avaient en commun, c'était leur incapacité à se retenir de dire ce qu'ils pensaient ou ressentaient. La plupart du temps, cela signifiait que Cal n'avait pas besoin de prononcer plus d'un mot ou deux pendant la journée, ce qui lui convenait parfaitement. Mais lorsque cette attention était dirigée vers lui ? *Attention.*

— Personne n'est éternel, frangin.

Le vent bruissait dans les trembles voisins, faisant vibrer les branches et frissonner Cal, malgré sa chemise en flanelle et sa veste en peau de mouton.

— Ne pars pas du principe qu'elle sera encore là demain, ajouta-t-il.

Bon sang! Que cette pensée était déprimante! Mais Ryan

avait perdu son amour d'enfance à cause d'un cancer, et il était bien placé pour savoir que la vie était courte et que l'amour pouvait s'envoler en un clin d'œil.

Mais Sarah Sullivan était trop bien pour un type comme Cal. Elle était médecin. Il était un ancien détenu.

— Je ne vois pas de quoi tu parles.

Il planta ses talons dans les flancs de la jument. Elle se lança en avant et Cal aurait menti s'il avait prétendu ne pas être satisfait d'être arrivé avant Ryan au réservoir. Mais son ami n'en avait pas fini.

— Je sais ce que tu ressens pour elle, tu sais. Je le vois chaque fois que tu la regardes.

Cal grimaça, puis il haussa les épaules. C'était dur de mentir à un homme avec lequel il travaillait quotidiennement depuis dix ans.

— Elle ressent la même chose.

— Elle te l'a dit ? s'enquit Cal, lançant un regard à Ryan.

— Je le sais.

Cal ricana.

— Tu es un idiot.

— Toi-même, frangin.

Cal leva les yeux au ciel en parcourant la clôture du regard. Il la pointa du doigt.

— C'est là qu'est le problème.

Un arbre était tombé à l'endroit où la clôture traversait un petit bois.

— Tu as apporté la hache ? lui demanda Ryan.

— Oui.

Ryan fit rouler ses épaules.

— On dirait bien que nous allons avoir une bonne séance d'entraînement aujourd'hui.

Cal grogna. Cela lui convenait, du moment qu'il n'avait pas à parler de ses *sentiments* pour Sarah.

Le souffle court des chevaux dans l'air froid du matin était accompagné du craquement du cuir et du tintement des harnais.

— Tu te souviens de ce que tu m'as dit après la mort de Becky ? s'enquit Ryan à voix basse.

Cal s'immobilisa. C'était la première fois qu'il entendait son ami prononcer le nom de sa femme depuis son décès.

— Je me souviens.

— Parfois, la seule chose qu'il reste à faire, c'est de continuer à respirer.

Cal acquiesça et regarda droit devant lui.

— Tu avais raison, Cal. Ces mots m'ont permis de surmonter les premiers jours, la première semaine sans elle… bon sang ! peut-être même la première année, expliqua-t-il.

Cal jeta un regard à Ryan, qui secoua vivement la tête comme pour s'éclaircir les idées.

— Je ne me souviens pas du tout de cette période. Je ne me rappelle que la douleur, et du fait que tu m'as dit de simplement continuer à respirer, poursuivit Ryan, qui déglutit à plusieurs reprises, tandis que les doigts de son ami se resserraient autour des rênes.

— Je ne me souviens pas de Tabitha quand elle était bébé… Sans les photos de Nat, je n'arriverais même pas à l'imaginer du tout, confessa Ryan, qui avait totalement ignoré sa fille qu'il rendait injustement responsable de la mort de sa femme. Becky aurait eu ma peau pour ça. *Merde !* Imagine si elle était au courant du reste…

Cal ferma les yeux en entendant la douleur dans la voix de son ami. Cette période avait été la pire qu'ils auraient pu imaginer, et ils avaient failli perdre Ryan aussi.

Il lui avait fallu passer près de deux ans à se noyer dans l'alcool et les femmes avant d'arriver de l'autre côté. Cal comprit que Ryan se rendait compte qu'il devait aller de l'avant sans elle, sans l'amour de sa vie.

Personne ne devrait avoir à subir cela. Ryan s'éclaircit la gorge.

— Tes mots m'ont sauvé quand j'en avais besoin.

Parfois, la seule chose qu'il reste à faire, c'est de continuer à respirer...

Le cow-boy contempla l'eau argentée du réservoir et les montagnes qui s'y reflétaient dans toute leur splendeur.

— Le problème, c'est que l'on finit par avoir besoin de plus.

Cal savait où il voulait en venir. Il secoua la tête.

— Non, non... Pas tout le monde.

Ryan saisit la bride de Morven, arrêta leurs chevaux et obligea Cal à croiser son regard.

— Tout le monde. Même toi.

Ils étaient presque arrivés au bois. Cal descendit de selle et se glissa sous la tête de la jument, la faisant avancer avant de l'attacher à une branche d'arbre. Il n'allait pas se disputer avec Ryan au sujet de la vie, du bonheur ou des attentes qu'ils avaient.

Comparé à ce qu'il avait connu, c'était le paradis, et il ne se passait pas un jour sans qu'il ne soit reconnaissant au destin d'avoir mis les Sullivan et le ranch Triple H sur son chemin. Et si ses rêves incluaient parfois une certaine petite blonde impertinente, c'était son affaire. Cela ne signifiait pas qu'il avait l'intention d'agir en conséquence.

Il retira sa veste.

— Passe-moi la hache, ordonna-t-il.

Ryan la lui tendit en souriant.

— Tant que tu ne te la joues pas *Brokeback Mountain* avec moi.

Cal saisit le manche en bois et écarta les jambes.

— Je pensais plutôt à *Shining*, abruti.

— *Shining abruti*? se moqua Ryan.

Clac.

Cal concentra son énergie sur le large tronc du bouleau abattu et pria pour avoir suffisamment de courage pour ne pas mettre son poing dans le joli visage de Ryan.

Clac.

C'était une bonne chose que son ami aille enfin de l'avant après la tragédie qu'il avait vécue. Cela ne signifiait pas que quoi que ce soit avait changé pour Cal, et il ne s'attendait pas à ce que cela se produise.

CHAPITRE DEUX

Sarah Sullivan passa les bras dans les manches de sa doudoune, enfonça ses pieds dans de solides bottes d'hiver et se glissa par la porte de la cuisine. L'un des chiens du ranch, Blue, se faufila à côté d'elle et l'observa avec une certaine impatience dans ses yeux bruns limpides, comme s'il se demandait quelle aventure ils allaient vivre maintenant.

Elle caressa ses oreilles soyeuses. Elle partait bien à l'aventure, mais elle ignorait comment cela allait se passer. Il était trois heures du matin et, une fois de plus, elle n'avait pas réussi à trouver le sommeil. Elle était restée là, à s'agiter et à se retourner tout en réfléchissant à ses options. Le problème se situait à une centaine de mètres en direction des bois. Cherchant à se donner du courage, elle se tenait debout, regardant la propriété où elle avait grandi. Les Sullivan exploitaient le Triple H depuis que son arrière-arrière-grand-père s'était installé sur ces terres en 1889, l'année même où l'État du Montana avait été admis dans l'Union.

Et cette année, ils avaient presque perdu chaque poteau de

clôture, chaque brin d'herbe. Elle avait failli perdre la maison dans laquelle elle avait grandi, les chevaux primés de son père, la porcelaine fine de sa mère.

Cette période avait été terrible pour eux tous, mais ils s'en étaient sortis. Ils avaient persévéré. Ils avaient survécu. Parce que c'était ce que faisaient les gens qui travaillaient la terre. Leur salut était apparu sous la forme d'Eliza, et jamais Sarah n'avait éprouvé autant de gratitude envers un être humain, non seulement pour avoir sauvé le ranch, mais, plus important encore, parce qu'elle aimait Nat.

Son père disait toujours que les choses qui venaient facilement n'en valaient pas la peine. Mais c'était agréable de faire une pause de temps en temps.

Sarah avait toujours été la « fille bien », celle qui travaillait dur, qui avait de bonnes notes et qui respectait ses aînés. Elle était partie un temps pour faire ses études de médecine, mais le ranch lui avait manqué. Elle était parvenue à trouver une résidence à proximité et elle était revenue à la maison dès l'obtention de son diplôme. Ses frais de scolarité avaient coûté une fortune et elle devait tout à ses parents, mais surtout, elle était casanière. Elle aimait cette terre qui, à ses yeux, était le plus bel endroit de la planète. Lorsque son père, puis Becky, étaient tombés malades, sa formation médicale les avait aidés à s'orienter dans le processus et à comprendre les options qui s'offraient à eux. Ensuite, Ryan avait perdu la tête et leur mère avait fait une crise cardiaque. Nat avait eu besoin d'elle, tout comme sa jeune nièce. Sarah n'avait jamais regretté sa décision de rester, et se sentait presque coupable d'avoir autant de chance. Elle était fière d'elle-même, de son travail et de ses valeurs, mais elle en avait assez d'être la gentille fille. Après des mois, voire des années, à être trop effrayée pour tenter d'obtenir ce qu'elle voulait vraiment, elle s'était décidée. Elle en avait assez de subir sa vie.

C'était à elle de prendre cette décision. C'était son cœur qui risquait d'être brisé.

Il avait neigé un peu plus tôt, ce qui laissait présager ce qui allait suivre. Cette année, la belle saison avait été si tardive qu'ils avaient à peine eu le temps de respirer le parfum des fleurs avant que le froid ne s'abatte à nouveau sur eux, mais elle y était habituée.

Les changements de saison lui faisaient prendre conscience qu'elle vieillissait, ce qu'elle ne considérait plus comme une chose acquise. Elle voyait régulièrement la mort au travail : elle était médecin urgentiste au County Hospital. Mais ces dernières années lui avaient apporté tant de chagrins personnels qu'elle se demandait comment ils avaient tous supporté cela : trois ans plus tôt, son père était décédé, suivi de sa belle-sœur qui avait le même âge qu'elle, et enfin, au printemps dernier, sa mère... L'émotion monta en elle, mais elle la refoula. Les larmes n'aidaient pas. Elle en avait assez d'attendre que des cow-boys têtus et bornés fassent le premier pas.

Un frisson d'excitation l'envahit alors qu'elle marchait sur la fine couche de neige fraîche. Elle crissait sous ses bottes. Il y en avait juste assez pour recouvrir la terre d'une couche blanche et tracer un chemin très net jusqu'à la porte de l'une des cabanes. Elle se fichait que quelqu'un voie ses traces. Elle se fichait d'être subtile ou discrète.

Ils ne louaient plus les cabanes aux vacanciers. Ils ne voulaient pas que des étrangers se promènent sur la propriété jusqu'à ce que toutes ces histoires avec New York se calment.

Ce n'est pas tous les jours qu'un mafieux est abattu sur votre propriété.

Les ouvriers du ranch avaient donc quitté le dortoir qu'ils partageaient pour s'installer chacun dans une cabane. Ezra avait repris celle d'Eliza, et Cal avait emménagé à côté. Sarah marcha d'un pas décidé jusqu'à sa porte.

Un loup hurla dans l'obscurité, faisant hennir les chevaux dans la grange. Elle commençait sa garde à huit heures. Elle était fatiguée, mais déterminée. Cal était si respectueux envers elle que, si elle attendait qu'il fasse un geste, ils seraient tous les deux grabataires avant qu'il ose lui tenir la main. Au lieu de cela, elle allait bouleverser son monde.

Le chien remua la queue pendant qu'elle gravissait les deux marches et traversait le porche étroit. Elle ouvrit la porte, qui n'était pas déverrouillée, et se glissa prudemment à l'intérieur. Elle referma la porte derrière elle, et le chien s'installa devant le poêle à bois qui dégageait une faible chaleur. Elle y ajouta du bois sans faire de bruit. Certaines habitudes avaient la vie dure dans cette partie du monde.

Elle retira ses bottes, sortit un préservatif de sa poche et posa sa veste sur le dossier du canapé. Elle n'allait pas se laisser décourager sous prétexte qu'il pensait ne pas être assez bien pour elle. Elle était prête à tout, même à se faire rejeter si ce qu'elle avait pris pour de la réticence était en fait de l'indifférence. Prenant une profonde inspiration, elle se dirigea vers la chambre de Cal. L'obscurité régnait à l'intérieur. Le noir absolu. Elle entendit la respiration calme et régulière de quelqu'un qui dormait profondément. La pièce dégageait le parfum séduisant et masculin du cow-boy dont elle était amoureuse depuis des années. Elle fit passer sa robe de laine moulante par-dessus sa tête et la laissa tomber sur le sol. Elle ne portait pas de sous-vêtements.

S'avançant timidement, elle trouva le montant du lit en laiton et enroula ses doigts autour du métal froid. Que ferait-elle s'il la rejetait ? Elle se mordit la lèvre.

La peur d'être rejetée l'avait poussée à vénérer cet homme de loin pendant des années. Trop effrayée pour agir. Trop timide pour faire le premier pas. Maintenant qu'elle était nue dans sa chambre, il était un peu tard pour se remettre en question.

La première fois qu'elle avait vu Caleb Landon avec son grand frère, Nat, il avait treize ans et elle était une préadolescente aux yeux grands ouverts. Il était le *bad boy* de la ville, agréable à regarder, avec un sourire diabolique. Elle l'aimait déjà à l'époque, même si c'était un pur culte du héros, qui la mettait mal à l'aise lorsque ses frères la taquinaient à ce sujet. Cal avait vraiment gagné sa réputation de *bad boy* un an plus tard, en commettant un acte désespéré qui l'avait éloigné de leur vie pendant dix longues années. À son retour, il était différent. Il lui avait fallu longtemps pour retrouver le sourire, des années pour qu'il devienne l'homme qu'il avait toujours été censé être.

Elle aimait les courbes de son visage, ses traits acérés, ses yeux noisette ultracalmes qui remarquaient tout. Elle se déplaça sur le côté du lit et posa le préservatif sur le chevet. La respiration de Cal se modifia.

— Sarah ?

Il s'était réveillé. Au moins, c'était son prénom qu'il avait prononcé.

— Oui, murmura-t-elle, espérant éviter une conversation qui se terminerait quand il dirait qu'il ne pensait pas à elle *de cette façon*, et qu'il la considérait comme *sa sœur*.

Elle se glissa sous la couette et passa les mains autour de son torse pour le serrer dans ses bras. Elle se blottit contre lui, ses seins froids pressés contre sa peau brûlante, étirant ses jambes le long des siennes beaucoup plus poilues en glissant ses orteils entre elles.

— Je dois rêver.

— Peut-être que nous sommes tous les deux en train de rêver.

Elle embrassa son dos, lentement, tendrement. Elle fit glisser ses doigts sur les muscles durs et compacts qui s'étaient tendus jusqu'à devenir de l'acier. Elle remonta et embrassa son cou, enfouissant son nez dans ses cheveux courts, heureuse qu'il ne s'éloigne pas.

Enhardie, elle descendit sa main et constata qu'il était déjà dur.

S'il ne commençait pas à penser à elle *de cette façon* après cette nuit, ils étaient condamnés et elle pouvait tout aussi bien se préparer à avoir le cœur brisé. Elle commença à le caresser, de la pointe à la base, et frissonna d'impatience. Elle avait passé beaucoup de temps à imaginer ça. Il semblait retenir son souffle. Elle passa sa langue sur son dos, parcourant la peau qu'elle avait vue, mais jamais goûtée. Puis, alors qu'elle pensait qu'il allait la repousser, il plaça sa main sur la sienne et augmenta la pression de sa prise. Il gémit et se pressa contre sa paume, et elle sentit tout son corps trembler.

— Je suis en train de rêver.

Sarah n'avait jamais été sexuellement agressive dans sa vie, mais elle n'était pas vierge non plus. Elle avait eu des petits amis à l'université, mais aucun ne l'avait fait se sentir aussi vivante que cet homme, ou aussi peu sûre d'elle. Elle avait vu d'autres femmes le regarder chaque fois qu'ils allaient se ravitailler en ville. Il était sexy et ce n'était pas un moine. Elle n'était pas prête à le voir finir avec quelqu'un d'autre juste parce qu'elle n'aurait pas eu le courage de faire le premier pas. Pour un premier pas, c'était plutôt extrême.

Elle embrassa son dos, effleura sa peau lisse et bronzée avec ses dents, se délectant de la sensation de ses muscles puissants contre les siens. Elle sentait son corps ferme se tendre, elle entendait sa respiration rapide tandis qu'elle le caressait plus vite. Elle lui mordilla l'épaule. Il ne l'aidait absolument pas, comme s'il avait peur de rompre le charme. Cela ne la dérangeait pas : l'idée de donner le rythme, de contrôler cette première rencontre était exaltante. Elle tendit la main derrière elle et attrapa le préservatif, l'ouvrit avec précaution et le fit rouler le long de son sexe, de plus en plus excitée par cette anticipation, tandis qu'elle le faisait basculer sur le dos.

Les ressorts du matelas gémirent lorsqu'elle le chevaucha.

— Sarah, je...

Il était sur le point de lui dire qu'il ne voulait pas de cela, et elle ne voulait pas l'entendre. Elle posa un doigt sur sa bouche et il se tut aussitôt. Elle se frotta contre lui jusqu'à ce qu'il se concentre sur elle plutôt que de parler ou de penser.

— Je te veux, Caleb Landon. En moi. Je t'en prie, dis-moi que tu me veux aussi.

Les mains de Cal agrippèrent ses cuisses si fort qu'elle était sûre qu'elle aurait des bleus. Elle fit pénétrer seulement le sommet de son érection en elle, et il grogna lorsqu'elle se releva : elle l'aguichait, définitivement. Elle le narguait, peut-être. Le défiait de prendre ce qu'elle lui offrait : de prendre un risque *pour eux*.

Elle descendit ses doigts, l'enveloppa, le massa jusqu'à ce qu'elle le sente frémir sous ses cuisses.

— Tu ne veux pas de moi, Cal ? lui demanda-t-elle l'entourant à nouveau avec son autre main.

Ses mots étaient censés être un défi, mais ils ressemblaient plutôt à une supplique. Il bougeait enfin les mains, lui empoignant les fesses pour la rapprocher de lui. Il s'assit et l'attira sur lui ; elle ferma les yeux quand le plaisir l'envahit. Elle se laissa descendre, le prit profondément en elle, et cria lorsque son corps explosa. Et juste comme ça, elle jouit.

C'était ce qui se produisait lorsque vous fantasmiez depuis des années sur un homme et qu'il était enfin là où vous vouliez qu'il soit.

Il commença alors à l'embrasser, sans bouger alors qu'elle le sentait épais et chaud en elle, qu'il la comblait. Il passa sa langue sur sa clavicule, puis plus bas, captura son mamelon dans sa bouche. Sa poitrine n'était pas très volumineuse, mais il fit gonfler son sein d'une main et en caressa le bourgeon sensible avec sa langue. Il changea de côté et la rendit folle du besoin de bouger, alors même qu'il la maintenait immobile.

Submergée d'une vague de plaisir, elle se tordit contre lui. Il grogna quand elle se plaqua contre son torse, le serrant avec ses muscles intimes quand il ne bougeait pas comme elle le souhaitait. Finalement, plantant ses doigts dans la chair tendre de ses hanches, Cal s'enfonça en elle. Elle rejeta la tête en arrière, s'accrochant à ses larges épaules, regrettant de ne pas pouvoir le voir, sachant que si les lumières étaient allumées, Cal serait incapable de la regarder dans les yeux, et encore plus de lui faire l'amour jusqu'à en perdre la raison.

Elle avait l'intention de changer cela.

Il se déplaça sous elle, l'ancra à lui, se mit à genoux et la suivit jusqu'à ce qu'elle soit sur le dos et qu'il soit calé entre ses cuisses. Il écarta largement les jambes de Sarah et s'enfonça plus profondément en elle, plus fort.

À chaque mouvement, elle plantait ses ongles dans ses épaules.

Elle s'était attendue à ce que Cal soit un amant doux et maîtrisé, comme il faisait tout le reste avec une telle révérence, surtout en sa présence. Il la traitait comme si elle avait seize ans et n'avait jamais été embrassée. Mais là, c'était sauvage, c'était féroce, et elle était là, avec lui, les ongles griffant sa peau, cherchant à se rapprocher encore plus tandis qu'il plongeait dans son corps avec autant de révérence qu'un cerf en rut dans la forêt.

Elle adorait ça. Le plaisir montait à nouveau. Le picotement de cette impatience et de cette faim de jouissance se répandit en elle et la rendit sauvage et fiévreuse. Elle s'accrocha à lui, la sueur rendait le corps de Cal glissant et difficile à étreindre. Elle sentit son orgasme monter. Comme un tsunami qui se déroulait lentement, il s'amplifia et déferla sur elle au moment même où

Cal se raidissait au-dessus d'elle et s'épanchait dans un cri qui semblait sortir tout droit de son âme. Le cœur de Sarah martela sa poitrine, son pouls s'emballa. Elle enroula ses jambes autour de la taille de Cal quand il se retira et s'allongea sur elle.

Le silence s'installa lentement. Lourd et assourdissant.

Merde.

Elle ne voulait pas entendre ses regrets. Elle recommença à l'embrasser, lentement, tendrement, espérant qu'il n'était pas sur le point de lui dire que tout cela n'était qu'une énorme erreur.

CAL AVAIT CRU qu'il rêvait. Il rêvait souvent de Sarah. Des rêves sexy, nus, classés X, qui lui vaudraient un coup de pied aux fesses et un licenciement si Nat le découvrait, mais il n'avait pas l'intention de parler de ces rêves à l'un des frères de Sarah. Des rêves qu'il n'avait pas le droit de faire, même dans son subconscient. Mais il ne pouvait pas les contrôler et avait appris à vivre avec, sachant que c'était tout ce qu'il aurait jamais, alors autant en profiter.

Ainsi, jusqu'à ce qu'elle le chevauche dans l'obscurité et qu'il touche la douceur de l'intérieur de ses cuisses, une sensation un million de fois plus époustouflante qu'il l'avait imaginée, il avait cru faire un foutu rêve très réaliste et incroyablement fabuleux.

Ensuite, elle avait parlé. *Je te veux, Caleb Landon. En moi. Je t'en prie, dis-moi que tu me veux aussi.*

S'il la voulait ?

S'il la *désirait* ?

Son cœur s'emballa alors qu'il était allongé sur elle. Il devait l'écraser, mais il n'osait pas bouger, terrifié par ce qu'elle allait dire. Il ferma les yeux. Il la désirait depuis des années, mais elle était la petite sœur de son meilleur ami, et un membre respectable de la communauté. Lui n'était rien d'autre qu'un cow-boy ex-taulard avec du sang sur les mains. Il y avait suffisamment de gens qui le détestaient et qui étaient prêts à détruire tout ce à quoi il tenait dans sa vie, s'il leur en donnait l'occasion. Il était hors de question qu'il laisse à quiconque l'occasion de faire du mal à l'un des Sullivan, et surtout à Sarah.

La chaleur de la jeune femme l'enveloppait tandis que sa poitrine se soulevait et s'abaissait. Sa peau humide s'accrochait à la sienne. Les cheveux de Sarah effleurèrent sa joue, ils sentaient le frais et le propre, comme une forêt de pins en hiver.

Merde.

Sarah n'était pas une femme qui l'avait dragué dans un bar. Elle n'était pas une inconnue d'un soir, ce qui était tout ce qu'il s'autorisait habituellement. Elle était l'une de ses meilleures amies. *Bon sang !* De qui se moquait-il ? Elle représentait plus pour lui qu'il ne voulait l'admettre, même à ses propres yeux.

Qu'avait-il fait ?

Il l'avait prise avec toute la finesse d'un ado vierge, même si, pour être tout à fait juste, *elle* s'était glissée dans son lit et avait enroulé ses doigts autour de son érection matinale. *Bon sang !* Rien que d'y penser, il était à nouveau dur. Il voulut s'éloigner d'elle, mais les lèvres de Sarah se posèrent sur le coin de son œil, et la caresse était si douce, si affectueuse qu'il ne pouvait plus bouger. Elle le maintenait en place aussi sûrement que les barreaux de fer l'avaient fait. Elle caressa son oreille avec sa langue, lui arrachant un frisson presque douloureux. Les mains de Sarah parcoururent son dos, puis ses doigts s'étalèrent sur ses hanches et se plantèrent dans ses fesses. Il était toujours entre ses jambes, et son désir de la posséder une fois encore bouillonnait dans ses veines comme une addiction, le suppliant de recommencer.

Il était vraiment dans le pétrin.

Il se retira pour aller jeter le préservatif. Puis il en prit un autre dans une boîte à l'intérieur du tiroir. Ce n'étaient même pas les siens. Ryan avait sûrement utilisé cet endroit pour ramener des femmes avant que Cal n'emménage au cours de l'été. Ils n'étaient pas périmés. Il avait vérifié. Quel optimisme.

— Pendant un instant, j'ai cru que tu allais t'enfuir..., dit-elle, et il entendit un sourire dans la voix de Sarah.

Il entendit aussi l'incertitude. C'était *elle* qui devrait s'enfuir. À un train d'enfer.

Il ne savait pas très bien ce qu'elle faisait ici, à part le plus évident. Il ne pouvait rien lui donner en dehors d'un peu de plaisir. Mais il ne pouvait pas le lui dire. Il était hors de question qu'il lui fasse du mal. L'idée de mettre de la déception dans les yeux de cette femme lui tordait le ventre. Elle était la personne la plus intelligente et la plus travailleuse qu'il ait jamais rencontrée. Cela incluait tous les cow-boys, les ranchers, les bûcherons, les fermiers et les foutus flics de la planète. Elle ne s'arrêtait jamais. Que ce soit à l'hôpital, ici au ranch, ou quand elle aidait à prendre soin de sa nièce et de la famille. Elle ne prenait jamais de vacances. Elle n'avait jamais de rencard. Elle n'avait pas le temps pour ça. *Merde !* Pas étonnant qu'elle soit excitée.

Il pouvait lui donner ça. Tant que personne ne le savait, tant qu'elle ne devenait pas une cible.

Il avait envie d'allumer la lampe, mais il ne voulait pas qu'elle le regarde, qu'elle voie ses tatouages, rappel constant de ce qu'il avait fait et de l'endroit où il avait été. Du genre d'homme qu'il était vraiment. Il ne voulait pas voir son désir se muer en dégoût. Il écarta le rideau et laissa la lumière éclairer la pièce d'une faible lueur argentée. Elle était allongée sur le lit, les jambes écartées, les cheveux en bataille sur les couvertures, et elle le regardait. Pas même vaguement gênée ou timide.

Ce n'était pas ce à quoi il s'était attendu.

Un sourire ourla ses lèvres, et il secoua la tête pour se prouver qu'il ne rêvait pas. Peut-être quelqu'un avait-il glissé quelque chose dans sa bière ? Quelle que soit la substance, il était prêt à en acheter un stock pour toute sa vie.

Ils devraient garder le secret. Ils vivaient au milieu de nulle part, isolés et retirés. Personne n'avait besoin de savoir. Elle ne serait pas souillée par association tant que cela resterait entre eux deux. Cal souleva le pied de Sarah et embrassa l'intérieur de sa cheville. Elle sursauta. Il avait oublié qu'elle était chatouilleuse. Il fit remonter sa bouche le long de sa jambe. Elle était petite, parfaite. Mince, plantureuse, magnifique, nue et, *bordel*, elle était vraiment là. Son sang se remit à bouillonner, mais c'était encore plus incroyable cette fois, parce qu'il savait que c'était réel, que c'était vraiment en train de se produire. Elle était venue à lui. Jamais il ne se serait attendu à ce qu'elle le fasse, mais elle était venue à lui, et il était partagé entre l'envie de hurler son bonheur au monde entier et celle de la chasser pour qu'aucune de ses turpitudes ne déteigne sur elle.

Ses yeux étaient d'un bleu-gris froid à la lumière du jour, mais pour l'instant ils étaient aussi sombres que la nuit alors qu'elle le regardait s'approcher de plus en plus d'une partie de son corps qu'il voulait goûter.

Elle s'appuya sur ses coudes pour le regarder passer sa langue sur la peau sensible de l'intérieur de sa jambe. La peau de Cal était foncée et contrastait avec la pâleur de la sienne. L'odeur de la jeune femme envahit ses narines et lui fit perdre la tête. Son goût inonda sa bouche, et il sut qu'il n'arriverait jamais à sortir son essence de son cerveau. Cela le rendrait fou à jamais de connaître sa saveur. À cette idée, il enfonça sa langue plus profondément, l'aimant, la taquinant, appuyant sur son clitoris jusqu'à ce que sa mâchoire se décroche, que sa tête bascule en arrière et qu'elle halète.

— Oh, mon Dieu ! Ne t'arrête pas.

Il n'en avait pas l'intention.

Pas encore.

Il la fit remonter sur le lit jusqu'à ce que ses genoux soient passés sur ses épaules, et il la dévora à petits coups de dents et de langue jusqu'à ce qu'elle se mette à trembler, au bord de l'extase. Il avait envie de la tourmenter pendant des heures, mais elle se redressa tout à coup et glissa les mains entre ses jambes, le retrouvant avec ses doigts forts, agiles et... habiles. Les yeux de Cal se révulsèrent et il faillit jouir sur-le-champ.

Elle n'était pas du tout comme il l'avait imaginée. Elle était infiniment plus.

Il l'allongea et l'explora davantage, caressant son nombril avec sa langue avant de remonter pour se régaler de ses seins. Il les toucha, les lécha, observant ses mamelons qui se tendaient dans le clair de lune. Elle remuait les hanches tout en continuant à le caresser. Il aurait voulu qu'ils puissent faire cela pour toujours, et ne pas penser aux raisons pour lesquelles ils ne pouvaient pas.

Elle récupéra le préservatif là où il l'avait laissé tomber sur le lit, puis elle l'ouvrit et le déroula sur lui avec des doigts experts.

— Tu as déjà fait ça avant, remarqua Cal.

Sarah haussa un sourcil en entendant la jalousie qui imprégnait son ton.

— Chaque fois que j'ai couché avec quelqu'un, Cal. Je ne veux pas être mise sur un piédestal. C'est un endroit froid et solitaire là-haut. Je suis une femme de chair et de sang comme les autres, et je veux un homme de chair et de sang pour me tenir chaud. Tu penses pouvoir le supporter ?

Cal n'était qu'un simple être humain face à cette déesse qu'était Sarah à ses yeux, mais il avait froid, lui aussi, et peut-être que pour l'instant ils pouvaient profiter l'un de l'autre.

— L'idée qu'un autre homme te touche...

Il referma la bouche. L'idée de Sarah avec un autre le rendait fou, mais cet aveu en disait beaucoup trop sur ce qu'il ressentait vraiment. Un jour, elle tomberait amoureuse d'un autre homme, et elle l'épouserait. Il faudrait qu'il gère à ce moment-là, mais il n'avait pas à le faire maintenant. Au lieu de cela, il la pénétra, se glissant en elle, la comblant jusqu'à ce qu'elle halète et s'agrippe, ses doigts appuyant sur ses fesses avec insistance. Elle bougeait autour de lui, et la sensation était incroyable.

— Ça suffit ?

— Non. Non !

Il s'enfouit en elle jusqu'à la garde, enveloppé d'une chaleur humide, brûlante qui lui donnait envie de pleurer. Ils étaient face à face, les yeux de Cal rivés sur ceux de Sarah. Leurs lèvres alignées...

Il abaissa la tête, et son cœur se brisa lorsqu'elle se souleva pour aller à sa rencontre, l'embrassant doucement, avec révérence, comme s'il était quelqu'un de spécial. Il lui rendit son baiser, l'explorant tendrement, mémorisant ses formes et son goût. Sarah commença à remuer les hanches, le pressant, mais il s'entêta et ralentit le mouvement jusqu'à ce qu'elle soit totalement alanguie, puis il se remit enfin à bouger. Lentement, sûrement, il la fit monter, augmenta le rythme, la fit crier, la fit supplier avant qu'il ne la laisse enfin s'envoler. Et il se retrouva à ses côtés, s'élançant du bord de la falaise dans les ténèbres, sachant qu'il allait s'écraser, mais il n'aurait voulu échanger ce moment contre rien au monde.

Rien ne serait plus comme avant.

Et, à cet instant, il s'en fichait.

CHAPITRE TROIS

Sarah était fascinée par les motifs des tatouages qui partaient du coude de Cal et descendaient jusqu'à son poignet. Il avait fait refaire ses tatouages par un professionnel peu de temps auparavant, sans couleur, un simple indigo foncé sur une peau bronzée. Elle ne savait pas exactement ce qu'ils représentaient, parce qu'il refusait qu'elle les voie de près. À un moment donné de la nuit, elle avait laissé la lumière allumée dans la salle de bains, et, maintenant, elle filtrait ; elle distinguait des écailles, des serres, et peut-être un poisson sur son bras gauche.

Il était tôt. Il était endormi, épuisé par des heures entières passées à faire l'amour. Parfois, c'était comme s'ils essayaient de rattraper toutes les années qu'ils avaient perdues. D'autres fois, c'était comme s'ils concentraient toute une vie d'amour en quelques semaines.

Au cours du dernier mois, elle était venue dans son lit chaque fois qu'elle en avait eu l'occasion. À certains moments, elle avait l'impression qu'il allait la repousser, mais il ne l'avait pas encore fait. Il devenait un peu moins réservé avec elle, commençait à lui faire davantage confiance, mais il n'était toujours pas prêt à révéler leur relation au grand jour. Comme la plupart des cow-boys, Cal était têtu et, comme la plupart des chevaux, il pouvait être guidé, mais certainement pas poussé. Ce qu'il lui fallait, c'était de la patience et de la persévérance, et elle en avait à revendre. Elle se rapprocha pour poser ses lèvres sur l'os saillant de son poignet et remonta le long de son bras.

— Qu'est-ce que tu fais ? lui demanda-t-il, somnolent.

— Je profite de tes tatouages.

Il tenta de mettre son bras hors de portée, mais elle l'en empêcha.

— S'il te plaît, non. Je veux les voir.

Il pinça les lèvres, mais, après un long moment de tension, il capitula et tint ses bras raides le long de son corps. Aussi détendu que les chiens du ranch quand ils flairaient un lapin. Sarah s'assit et posa le bras de Cal sur ses genoux.

— Qu'est-ce que c'est ?

Il n'y avait pas encore beaucoup de lumière et il était difficile d'y voir clair.

Le regard de Cal vagabondait, et il semblait avoir du mal à se concentrer sur sa question, probablement parce qu'elle était nue. Elle caressa une rangée d'écailles bleues sinueuses qui s'enroulaient autour de sa chair. Elle les suivit avec les doigts, puis elle souleva son bras et se rendit compte que cela se terminait avec une queue en forme de flèche.

Il s'éclaircit la gorge.

— C'est la queue du dragon.

— Un dragon ? répéta Sarah, surprise.

Elle n'aurait jamais imaginé que Cal Landon puisse avoir quelque chose d'aussi mythique qu'un dragon tatoué sur sa peau.

— Quel est le problème avec les dragons? gronda-t-il tout bas.

Elle éclata de rire et trouva la tête de l'animal. C'était une créature à l'allure féroce. Elle l'embrassa et poursuivit son exploration de ce qui ressemblait à une carpe dans un bassin sous les montagnes.

— L'as-tu dessiné toi-même?

— Moi? demanda-t-il avec un petit sourire. Mes capacités artistiques se limitent à des bonshommes en bâtons.

Il haussa un sourcil.

— Cette fois, j'ai laissé faire les professionnels.

Il essaya de s'éloigner, mais elle tint bon, et il plissa les yeux. Elle savait qu'il lui était difficile de laisser entrer les gens, mais elle voulait qu'il comprenne qu'il pouvait lui faire confiance.

— Ils sont magnifiques, Cal.

— Je les ai fait faire pour remplacer ceux que j'avais eus en prison.

Son ton était dur, chargé de reproches envers lui-même, au cas où elle n'aurait pas compris la référence du premier coup. Elle soutint son regard.

— J'aimais ceux-là aussi.

Il cligna des yeux.

— Quoi? Pourquoi ne les aimerais-je pas?

Elle était nue dans son lit, et il la voyait toujours comme une sainte. C'était dingue.

— Sais-tu ce que sont aussi ces tatouages? Ils sont *torrides*.

Cal écarquilla les yeux quand elle posa son bras sur sa cuisse. Elle était consciente de le choquer, mais il le méritait pour l'avoir traitée comme si elle risquait de s'évanouir au moindre petit rappel de son passé. Ce n'était pas comme si elle ne l'avait pas connu avant qu'il aille en prison, et qu'elle ne l'avait pas fréquenté toutes ces années ensuite. Elle n'était pas une sorte de groupie du couloir de la mort. Elle était une femme pragmatique et intelligente. Elle résolut de le choquer davantage.

— J'ai toujours voulu me faire tatouer, mais je n'arrive pas à me décider sur ce que je veux… ou sur l'endroit où je le veux ? Peut-être ici ? suggéra-t-elle, posant la main chaude de Cal sur l'extérieur de sa cuisse. Ou bien ici ?

Elle se déplaça jusqu'à ce qu'il la touche à un endroit beaucoup plus intime. Elle rit lorsqu'il l'attrapa et la fit rouler sous lui. D'une manière ou d'une autre, elle allait faire tomber toutes les défenses de ce cow-boy et lui faire perdre sa réserve. Peut-être qu'alors il comprendrait enfin qu'elle aimait absolument tout de lui, ses tatouages, son passé, et tout le reste.

CAL FIT LA GRASSE MATINÉE ; il sauta donc le petit déjeuner. Il ne voulait pas que les chevaux aient faim.

Être en retard commençait à devenir une habitude dont il n'était pas fier. Il n'aurait qu'à rajouter cela à sa liste. Sarah était venue à la cabane presque tous les soirs depuis un mois, si bien qu'aucun d'eux n'avait beaucoup dormi. Il avait toujours l'intention de lui dire de rester loin de lui. Le deuxième soir, il s'était préparé à se montrer distant et peu accueillant, jusqu'à ce qu'elle retire son manteau et qu'il découvre qu'elle était entièrement nue en dessous.

Résister s'était avéré vain.

Il ne voulait pas que les gens découvrent qu'elle s'encanaillait. Mais cette femme était comme de l'opium, et maintenant qu'il l'avait goûtée, il ne cessait de penser à elle. À eux. Ensemble.

Il secoua la tête. Il n'y avait pas d'*eux*. Elle était… *en plein délire*. Il ne voyait pas d'autre façon de le décrire.

Il finit de remplir de fourrage le seau de Shadow. Il avait déjà fait sortir ses deux poulains dans l'enclos attenant pour qu'ils fassent un peu d'exercice et que la jument se repose à l'écart des petits mâles turbulents. Elle avait adopté le petit Red après la mort de sa mère lors du poulinage qui avait mal tourné au printemps dernier. Cal alternait toujours entre la colère et le chagrin en évoquant ce souvenir. La jument était morte inutilement et Nat avait été contraint de mettre au monde le poulain en pratiquant une césarienne improvisée. Il passa la main sur la joue de Shadow, qui frotta sa tête contre son épaule. Elle allait bientôt sevrer les poulains. Son fils, Silk, n'était pas un pur-sang arabe comme Red, mais un magnifique Morgan américain qui semblait avoir une influence apaisante sur l'aristocrate nerveux, avec ses lignées égyptiennes pures et sa propension à chercher les ennuis. Ils garderaient probablement les deux poulains, mais Cal pensait que Silk aurait de la chance s'il gardait ses bijoux de famille. Le ranch ne pouvait prendre en charge qu'un nombre limité d'étalons, même s'ils commençaient à connaître un certain succès dans le domaine de la reproduction.

Ils avaient prévu de construire un petit laboratoire et Nat se renseignait sur les équipements spécialisés pour la congélation et le stockage de la semence, voire sur la mise en place d'une installation de stockage cryogénique pour les étalons et les taureaux primés d'autres propriétaires. Si l'on considérait que les Sullivan avaient failli perdre cet endroit au printemps, c'était un sacré miracle qu'ils soient toujours en activité, un miracle rendu possible grâce à Eliza.

Il entendit un bruit à l'extérieur et su que les ouvriers chargés de la construction du nouveau manège couvert étaient arrivés. En général, il essayait d'avoir terminé et d'être déjà sur les terres quand ils arrivaient le matin, ce qui n'était pas très difficile étant donné qu'ils ne se présentaient pas avant dix heures. Mais Eliza les avait tannés pour qu'ils coulent les fondations en béton avant qu'il fasse trop froid. Franchement, peu d'hommes la contredisaient, sauf peut-être Nat. C'était un homme courageux.

Il entendit des voix quand quelqu'un, Eliza, entra dans les écuries. Puis il entendit un rire grave quand Nat la taquina à propos de quelque chose. Le rire se mua en un cri quand Nat l'attira vraisemblablement pour l'embrasser. Puis, comme le silence se prolongeait, Cal fit claquer discrètement le seau contre le mur, ne voulant pas interrompre quelque chose de trop intime entre un homme et sa femme.

Cette pensée lui donna l'impression qu'un trou s'était creusé dans sa poitrine.

Il sortit de la stalle et s'obligea à sourire à deux des personnes les plus importantes de sa vie.

— Salut ! Tu as encore sauté le petit déjeuner. Tu essaies de perdre du poids ? le taquina Eliza.

Elle portait un jean usé et un épais pull en laine, un bonnet souple sur ses cheveux noirs. Pour une raison qu'il ignorait, elle essayait toujours de le faire grossir.

Nat se contenta de hocher la tête. Eliza se dirigea vers Cal ; sa claudication n'étant pas aussi prononcée le matin que le soir, lorsqu'elle était fatiguée. Son fémur avait été brisé par une balle. Il lui avait fallu beaucoup de temps pour guérir, et, en fait, elle avait de la chance d'être en vie, *point*. Elle avait plus de vis et de plaques dans le corps que la femme bionique. Non pas qu'elle laisse cela la ralentir, ce qui était d'ailleurs à peu près leur seul sujet de dispute avec Nat.

Elle se poussait trop fort et ne savait jamais quand s'arrêter. Sarah était pareille : elle travaillait jusqu'à l'épuisement et gâchait ensuite son précieux temps de sommeil en s'amusant avec lui. Elle voulait révéler leur relation à tout le monde, mais il ne la laissait pas faire. Il allait devoir y mettre un terme rapidement, avant qu'elle ne s'imagine qu'ils avaient un avenir en commun. Cela lui ferait mal, mais elle s'en remettrait. Il serra les poings autour de la poignée du seau.

— J'ai fait la grasse matinée.

— Tu le fais souvent, ces derniers temps, remarqua Eliza en souriant. Y a-t-il quelque chose que nous devrions savoir ?

Elle le taquinait, mais Cal détourna le regard, mal à l'aise. Nat était son meilleur ami, mais s'il découvrait ce qu'il faisait à sa sœur après le coucher du soleil, il serait furieux. Comme n'importe quel homme à sa place.

— Laisse-le tranquille, dit Nat, passant les bras autour de la taille de sa femme. Depuis que tu es mariée, tu veux que tout le monde soit en couple et heureux.

Eliza se tourna pour embrasser la joue de son mari.

— Il n'y a rien de mal à être en couple et heureux. Est-ce qu'on lui dit ?

Cal fronça les sourcils. Il ne poserait pas la question, même si Eliza faisait durer le suspense. Il croyait au respect de la vie privée. Ce qui ne signifiait pas qu'il n'était pas curieux, mais il ne supplierait pas pour savoir, pas plus qu'il n'aimait les commérages.

Nat sourit.

— De toute façon, il le découvrira bien assez tôt, sans compter que je vais avoir besoin de son aide pour te tenir à l'écart d'une selle pendant les neuf prochains mois.

— Tu es enceinte ? s'enquit Cal avec un sourire.

Il savait qu'ils essayaient de faire un bébé. Le monde entier savait qu'ils essayaient de faire un bébé, et c'était pour cette raison qu'il avait fait du bruit avant qu'ils ne se déshabillent dans les écuries.

Le visage d'Eliza rayonnait de bonheur. Elle hocha la tête, puis elle fronça les sourcils en regardant Nat.

— Pourquoi devrais-je rester loin d'une selle ?

Eliza ne faisait pas souvent la moue, mais cette expression s'en rapprochait.

— Parce que tu n'arrives pas à rester *sur* la selle.

C'était vrai. Cal ne connaissait personne qui tombait de cheval aussi régulièrement qu'Eliza.

— Et si je veux monter ? demanda-t-elle, le ton agressif.

— Mais vas-y, je t'en prie, répliqua Nat avec un sourire diabolique.

Elle rougit tandis que Cal s'étouffait en toussant.

— Et si nous faisions un compromis ? s'enquit Nat, redevenant sérieux.

Il semblait avoir appris la patience et la diplomatie au cours des derniers mois. Sans doute parce que sa femme portait une arme.

— Et si je t'emmenais en balade avec Winter de temps en temps ?

Winter était un grand et rare étalon Morgan américain gris, d'un caractère calme et stable.

— D'accord.

Eliza se pencha et embrassa Nat sur la joue. Elle se dégagea de son étreinte et enlaça Cal. Il l'entoura de ses bras, heureux pour eux, mais en son for intérieur sa propre tristesse grandissait, ainsi qu'un sentiment d'envie qu'il n'avait jamais éprouvé auparavant. Il voulait faire partie de tout cela, il voulait accepter la place qu'ils lui offraient dans la famille, mais il ne pouvait pas. Ce serait trop égoïste, et s'il arrivait quelque chose, il ne pourrait plus se regarder dans un miroir.

Une nuit de désespoir, près de vingt ans plus tôt, l'avait marqué. Il avait tué un homme, dont la famille réclamait vengeance. Des gens cherchaient à lui faire du mal par tous les moyens. Y compris en ciblant les personnes qu'il aimait. Ils l'avaient coincé plusieurs fois au fil des ans, ils l'avaient attaqué, avaient crevé ses pneus, et ils avaient même volé sa vieille camionnette. Elle avait été retrouvée brûlée et abandonnée. Ces temps-ci, Cal restait aux environs du ranch, isolé et à l'écart de tout, mais ce n'était qu'une question de temps avant qu'une autre confrontation ait lieu.

— Je suis vraiment heureux pour vous.

Il serra doucement Eliza dans ses bras et ferma les yeux, regrettant de n'avoir pas fait des choix différents, plutôt que de frapper l'ordure qui tabassait sa mère.

Il relâcha son amie et les laissa tous les deux. Il se rendit aux écuries pour nourrir les autres chevaux, tout en remarquant les regards curieux des ouvriers qui travaillaient à côté d'une bétonnière géante. À leurs yeux, il n'était qu'un simple employé du ranch, et c'était exactement ce qu'il voulait qu'ils pensent. Il reconnut l'un des types : c'était un bon ami de son demi-frère. Il était prêt à parier qu'il rapporterait à Terry toutes les informations qui vaudraient la peine d'être relayées.

Cal ne laisserait jamais rien de mal arriver aux Sullivan, et surtout pas à Sarah. Il la protégerait, quitte à arracher son propre cœur.

Alors qu'elle se garait sur Main Street, les pieds de Sarah palpitaient après la double garde infernale qu'elle venait de vivre. L'un des médecins traitants du County s'était cassé la cheville et n'avait pas pu venir travailler. Pire encore, le brave docteur était également en congé le lendemain, pour le réveillon de Noël, ce qui signifiait qu'au lieu de passer la journée à décorer la maison et à préparer la dinde, Sarah allait être de nouveau coincée au travail. Eliza avait proposé de préparer le repas de Noël, mais, à vrai dire, autant Sarah aimait sa belle-sœur, autant ses talents de cuisinière laissaient à désirer. De plus, Sarah avait envie de le faire. Elle resterait debout toute la nuit à préparer des légumes s'il le fallait. Elle pensa à sa mère et à l'importance de perpétuer les traditions, traditions qu'elle était déterminée à transmettre à une autre génération de Sullivan, de Tabitha au bébé qu'Eliza attendait.

Une sensation de chaleur l'envahit. Elle était ravie d'être à nouveau tante, surtout après les épreuves qu'Eliza et Nat avaient traversées sur le chemin du bonheur. Si quelqu'un méritait une bonne nouvelle, c'était bien eux deux. Mais elle mentirait si elle disait que cela n'intensifiait pas la douleur de son désir d'avoir son propre enfant, sa propre famille, même si l'homme avec qui elle les voulait se montrait ridiculement têtu au sujet de leur relation.

Peut-être devrait-elle publier une annonce dans le journal local. *Sarah Sullivan aime Caleb Landon, et elle se fiche éperdument de ce que les gens pensent.*

La jeune femme grimaça. Il détesterait ça.

Elle ne savait pas vraiment pourquoi il se montrait à ce point réservé, mais, pour l'instant, elle avançait une étape après l'autre.

Elle pressa le pas sur le trottoir, se dirigeant vers le meilleur bijoutier de la ville... le seul bijoutier de la ville, en fait, mais ils avaient une collection incroyable.

Elle poussa un soupir et s'arrêta devant la vitrine de la boutique. Une gamme de bagues scintillait sous les guirlandes lumineuses, lui coupant le souffle. Son regard s'arrêta sur une magnifique création ronde en or blanc, avec un entrelacement complexe de minuscules diamants à l'intérieur. Elle soupira si fort que son souffle embua la vitre. Cal n'aurait jamais les moyens d'en acheter une même s'il le voulait, et elle ne s'attendait pas à ce qu'il gaspille son argent pour quelque chose d'aussi... incroyablement beau. Peut-être devrait-elle s'acheter sa propre bague et en finir.

Elle entra et fut frappée par un mur de chaleur et par le

parfum intense de quelque chose de sucré, comme des mûres et des clous de girofle. Quoi que ce soit, l'odeur était délicieuse et lui rappela qu'elle avait faim.

M. Rozen, qui se tenait derrière le large comptoir vitré, lui sourit et lui fit signe de s'approcher. Sa femme servait un autre client.

Il sortit une série de boîtes de sous le comptoir.

— Elles viennent d'arriver, lui dit-il, les ouvrant avec révérence.

Elle tendit la main et posa un doigt sur le détail complexe d'un cow-boy monté sur un cheval.

— Oh ! Elles sont parfaites !

Un mois plus tôt, elle avait commandé quatre boucles de ceinture en argent, une pour chacun des hommes du ranch : Cal, Nat, Ryan et Ezra. Ce dernier aurait dû prendre sa retraite des années plus tôt, mais il était resté à leurs côtés, même lorsqu'ils ne pouvaient se permettre de le payer. Depuis l'arrivée d'Eliza, Sarah avait pu commencer à dépenser son salaire pour ce qu'elle voulait plutôt que d'engloutir chaque centime dans le remboursement de leurs dettes. Elle économisait maintenant pour s'offrir quelque chose de spécial. C'était une surprise pour tout le monde, et cela lui permettrait de rester plus près de la maison, tout en réduisant sa charge de travail, avec un peu de chance.

Elle pourrait peut-être avoir enfin une vie.

La boucle qu'elle avait choisie pour Nat était ornée d'un loup hurlant à la lune. Pour Ezra, elle avait choisi un cheval cabré très traditionnel, sur lequel elle espérait qu'il ne monterait jamais, car elle ne voulait pas avoir à réparer d'autres os cassés. La boucle de Ryan était ornée de deux chevaux, côte à côte. Il penserait que c'était parce qu'ils étaient jumeaux, mais c'était parce qu'elle espérait qu'il connaîtrait enfin le bonheur, une seconde chance, en fait, après tout ce qu'il avait perdu. Pour Cal, elle avait été attirée par ce cow-boy solitaire assis sur un cheval devant un coucher de soleil. Une boule d'émotion se logea dans sa gorge. Même au milieu d'une foule, il semblait toujours très isolé. Elle se languissait de lui. Elle souffrait aussi parce qu'elle voulait le voir sourire davantage. Elle voulait le voir heureux. Elle voulait le rendre heureux.

— Elles sont parfaites, dit-elle à M. Rozen.

— Vous achetez des cadeaux pour les médecins avec lesquels vous travaillez ? s'enquit une voix derrière elle.

Sarah sursauta, puis elle jeta un regard à la femme. Marlena Strange. La mondaine à la silhouette de mannequin tendit la main pour toucher le métal du cow-boy, mais Sarah referma le couvercle de la boîte, manquant de peu les ongles parfaitement manucurés de la femme.

Elle refusait que cette femme souille ses cadeaux.

— Pour les hommes du ranch.

Non pas que cela la regardait. Marlena et son mari avaient tenté de les ruiner plus tôt dans l'année. Depuis ce moment-là, Sarah avait appris par ses contacts que Marlena avait entamé une thérapie pour son addiction au sexe et que le couple suivait une thérapie conjugale. Sarah devait reconnaître qu'ils faisaient l'effort d'essayer dans un monde qui n'en prenait que rarement la peine. Cependant, elle n'éprouvait aucune admiration pour le fait que cette femme avait tenté de séduire ses deux frères et probablement Cal aussi. Sarah était consciente que son principal défaut était une terrible tendance à la jalousie. Elle pouvait s'accommoder de cette imperfection.

— Pourriez-vous les emballer, s'il vous plaît ? demanda Sarah au commerçant.

— Voulez-vous revoir ces boucles d'oreilles ? s'enquit M. Rozen.

— Non, je vais simplement les prendre. Voudriez-vous bien faire un paquet cadeau aussi, s'il vous plaît ?

Cela lui ferait gagner un temps précieux. Les boucles

d'oreilles étaient pour Eliza. Des gouttes de cristal sur une tige en or. Étant donné que cette femme était milliardaire, il était sans doute stupide de lui acheter autre chose que des diamants. Mais Sarah savait qu'elle les aimerait.

Elle entendit Marlena demander à voir la bague dans la vitrine, et son humeur s'assombrit : la jalousie frappait à nouveau. Elle paya, puis prit le sac des mains de M. Rozen, lui souhaitant un joyeux Noël.

Elle sortit et fut surprise de voir Cal qui se tenait sur le trottoir, fronçant les sourcils en voyant sa voiture. Une sensation de bonheur enfla au creux de sa poitrine. Elle courut vers lui et lui passa les bras autour du cou, tellement heureuse de le voir qu'elle l'embrassa sur la bouche, là, au beau milieu de Main Street.

Il resserra les bras autour d'elle pendant une nanoseconde avant qu'il ne recule hors de portée.

Merde ! Une vague de douleur déferla sur Sarah.

— Si je ne te connaissais pas, je croirais que tu as honte de moi.

Elle tâcha de garder une voix légère, mais elle comprit qu'elle avait échoué lorsqu'elle vit les pupilles de Cal se dilater. En dehors de cela, son expression ne changea pas.

Bon sang ! Quel était son problème ?

Elle n'était ni monstrueuse ni repoussante. Elle n'avait pas pour habitude de frapper des chiots ou de hurler sur les enfants.

La colère remplaça la douleur. C'étaient sans doute les conséquences d'une longue journée, mais elle voulait le choquer, l'obliger à réagir. Elle tenta de l'embrasser à nouveau, mais il recula encore d'un petit pas, comme si elle avait des poux.

L'humiliation se joignit à la douleur et se mit à bouillonner dans ses veines. Elle perdit la tête. Sur le trottoir, au milieu de Stone Creek. Elle perdit complètement la tête.

— Qu'est-ce qui t'arrive ? Je t'aime depuis le moment où je t'ai vu la première fois, s'exclama-t-elle, parlant de plus en plus fort, provoquant une scène. Je n'ai jamais cessé de t'aimer, même quand tu es allé en prison. Je n'ai pas cessé de t'aimer quand tu faisais semblant de me considérer comme ta petite sœur !

Il ouvrit la bouche pour protester, mais Sarah n'en avait pas terminé. Elle était furieuse.

— Je t'aime tellement que je suis heureuse de me glisser dans ton lit tous les soirs, mais tu fais comme si tu ne me connaissais pas dès que nous sommes hors du ranch. Comment crois-tu que je me sente ?

Son expression devint encore plus vide lorsque son regard se porta au-dessus de l'épaule de la jeune femme. *Bon sang ! Il n'est même pas capable de me regarder dans les yeux !*

— Je ne t'ai jamais demandé de venir dans mon lit.

La douleur engendrée par ces mots envoya une onde de choc dans tout son corps.

— Mais tu ne m'as jamais repoussée, n'est-ce pas ?

Les yeux de Cal se plongèrent soudain dans les siens, et certaines des émotions qu'il gardait enfermées affleurèrent. Et elle aurait voulu qu'il se laisse aller, qu'il se mette en colère, qu'il s'énerve, qu'il réplique. Mais il ne dit rien, et se contenta de s'éloigner davantage. Il ne révélait jamais rien de lui-même, à l'exception de brefs aperçus au ranch, ou lorsqu'ils étaient au lit et qu'elle lui arrachait une réponse avec son corps. Sarah ne savait pas ce que c'était que de cacher ses sentiments. Faire semblant de ne pas aimer cet homme de tout son être lui semblait fondamentalement mal.

Les larmes lui montèrent aux yeux. Elle n'avait jamais appris à être autre chose que qui elle était vraiment.

Il n'y a pas de faux-semblants avec moi.

Peut-être que ce n'était pas suffisant pour lui. Peut-être qu'il recherchait un autre genre de femme et qu'elle était idiote de se jeter sur lui. Malgré cela, elle décida de tout mettre sur la table.

— Je veux me marier avec toi, Cal. Je veux porter tes enfants.

Il tressaillit, son regard étroit toujours dirigé par-dessus son épaule. Il recula encore d'un pas.

— Je suis désolé, répondit-il, très fort et très clairement. Je ne ressens pas la même chose pour toi. Je ne t'aime pas.

Puis il s'éloigna et grimpa dans son camion, garé à quelques voitures de la sienne. Et il démarra sans un regard en arrière, comme si elle ne comptait vraiment pas pour lui.

CAL TOURNA au coin de la rue et s'arrêta au bout d'un pâté de maisons. Il s'affaissa contre le volant, la sueur rendant ses paumes moites. Son cœur battait à tout rompre dans sa poitrine. La dévastation sur le visage de Sarah... Mon Dieu ! C'était insupportable. L'envie de revenir en courant, de s'excuser et de s'assurer qu'elle allait bien était presque irrésistible.

Je veux me marier avec toi, Cal. Je veux porter tes enfants.

Tout ce qu'il avait toujours voulu. Et il savait depuis long-temps qu'il ne pourrait jamais l'avoir. Il avait la nausée. Elle venait de le demander en mariage et il l'avait purement et simplement rejetée. Il se passa une main sur le visage. Il ne l'avait même pas fait avec douceur. Il avait eu trop peur.

Son demi-frère, Terry, s'était approché derrière Sarah sur le trottoir, les observant avec une telle malveillance dans les yeux que Cal en avait eu la bouche sèche. Il serra les poings. Cal avait tué le père de Terry... involontairement, mais le résultat était le même. L'autre homme, plus jeune que lui, n'avait jamais caché qu'il serait heureux de rendre la pareille à Cal, ou à toute personne à laquelle ce dernier tenait. Ce type ne devait jamais s'approcher de Sarah.

C'était son pire scénario. Avec de la chance, son numéro sur le trottoir dissuaderait Terry de commettre un acte stupide, mais Sarah ne pardonnerait jamais à Cal de l'avoir ainsi laissée tomber.

Un coup frappé sur la vitre le ramena au présent. Il leva la tête et cligna des yeux. Le shérif Scott Talbot se tenait devant sa portière, la main sur son arme, comme s'il s'attendait à ce que Cal l'attaque d'un moment à l'autre. L'homme fit un mouvement de rotation avec son doigt, et Cal abaissa la vitre.

— Shérif. Que puis-je faire pour vous ?

L'homme de loi avait pris quelques kilos de muscle ces derniers temps, et ses yeux ressemblaient davantage à ceux d'une fouine chaque fois qu'ils se voyaient.

— Sors de la voiture.

— Puis-je vous demander pourquoi ?

Le shérif ne dit rien, se contentant de reculer d'un grand pas.

Bon sang ! Cal veilla à garder une expression neutre, mais, intérieurement, il était empli de rage. S'assurant que sa main libre restait visible, il sortit doucement du camion. Il avait acheté le véhicule à Ryan quelques mois plus tôt. Il était vieux, mais le moteur était réglé comme du papier à musique et fonctionnait à merveille. Il ne pensait pas que les feux arrière ou les clignotants soient défectueux. Il veillait à les contrôler régulièrement.

— Contre le véhicule, Landon. Tu connais la routine.

Cal serra les dents, mais retint sa colère et sa frustration. Il « prit la position ». Il l'avait fait assez souvent par le passé. Depuis qu'il était sorti de prison, Talbot l'arrêtait toutes les deux semaines pour une supposée infraction ou une autre. Le shérif s'était quelque peu calmé après la fusillade au ranch au printemps précédent. Mais il semblait que les vacances soient terminées pour Cal. *Joyeux Noël !* Et Sarah se demandait pourquoi il ne voulait pas que leur relation soit rendue publique.

— En te voyant garé là, je me suis dit que tu avais peut-être bu un peu trop au saloon pour fêter Noël.

— Non, monsieur.

Il avait bu une bière en attendant que sa commande de fourrage soit prête. *Une bière.*

— Il va falloir que tu souffles dans un éthylotest pour moi.

Un sentiment d'humiliation enfla en lui. Ce qu'il *devait faire*, c'était retrouver Sarah, et s'assurer qu'elle rentrait chez elle en toute sécurité. Au lieu de cela, il prit la petite boîte noire et souffla dans cette saleté si fort qu'il espérait qu'elle éclaterait.

Le shérif la reprit et plissa les yeux en regardant Cal.

— On dirait que ce truc ne fonctionne pas.

Il secoua l'appareil, comme si cela pouvait changer quelque chose. Cal leva les yeux au ciel. Le taux d'alcool relevé était inférieur au taux légal. S'il criait au harcèlement policier, la situation ne ferait qu'empirer.

— Les Sullivan vont avoir besoin de ce fourrage, dit Cal avec un signe de tête vers l'arrière du camion.

On annonçait de la neige pour le lendemain. Qui savait combien de temps Talbot le retiendrait.

— Il vaudrait mieux que ça ne disparaisse pas pendant que vous m'emmenez au poste et que vous nous faites perdre notre temps à tous les deux.

Énerver Nat n'était jamais une bonne idée.

— Faire mon travail n'est pas une perte de temps, et cela ne gaspille pas l'argent des contribuables, Landon. Les Sullivan auront leur fourrage. Ne t'inquiète pas pour ça, dit Talbot.

L'homme lança ensuite un appel radio pour que l'un de ses adjoints les rejoigne et conduise ensuite le camion de Cal sur les deux pâtés de maisons les séparant du palais de justice.

— Allons au bureau du shérif pour faire un prélèvement de sang.

CHAPITRE QUATRE

Sarah tenait le volant serré entre ses doigts crispés pendant les seize kilomètres du trajet de retour, se forçant à se concentrer sur la route et à ne pas accidenter cette maudite voiture. Intérieurement, elle était gelée. Engourdie. Elle tremblait encore en réaction à ce qui s'était passé.

Le fait que Cal lui ait dit cela...

Elle se moquait de ce que pensaient les gens ; Cal, lui, accordait de l'importance à l'opinion des autres. Sarah n'en avait rien à faire. Mais il avait prononcé ces mots à voix haute précisément pour cette raison : parce qu'il se préoccupait de ce que les autres pensaient, et qu'il ne voulait pas qu'on pense qu'il avait une relation avec elle.

Lorsqu'elle quitta la route principale pour s'engager sur le chemin du ranch, elle laissa enfin les larmes brouiller sa vue. Elle s'arrêta devant la maison et rassembla ses affaires. Ses mains tremblaient en passant au-dessus des boîtes des cadeaux qu'elle avait achetés, mais elle les rangea avec force dans son sac à main. Dans le coffre, il y avait un énorme paquet cadeau contenant une maison de poupée pour Tabby. Nat pourrait le récupérer plus tard et le cacher dans le placard, avec tous les autres cadeaux qu'ils avaient réunis pour le plus jeune membre de la famille Sullivan.

Elle monta les marches en chancelant, ouvrit la porte, traversa le vestibule, ignorant les chiens, les bonjours, les regards inquiets lorsqu'elle jeta son sac sur la table de la cuisine et continua d'avancer.

— Sarah ? l'appela Nat. Sas ?

Il commença à la suivre, avançant de plus en plus vite. Elle voulait s'enfuir, courir, mais bien qu'elle ait atteint sa chambre, Nat ne s'arrêta pas.

— Qu'est-ce qui se passe ? Qu'est-ce qui ne va pas ?

Son inquiétude évidente la fit basculer. Elle se mit à pleurer ; il l'attira contre sa poitrine et la berça. Il était chaud, ses vêtements étaient humides, et il sentait le cheval. Plus que cela, il sentait la sécurité, il sentait son grand frère.

— Qu'est-ce que tu as ? Que s'était-il passé ? Quelque chose au travail ?

Elle secoua la tête.

— Je suis amoureuse de Cal.

Il laissa échapper un rire discret.

— Ma belle, ce n'est pas nouveau.

Elle acquiesça. Elle n'avait peut-être jamais prononcé ces mots, mais la vérité s'était toujours lue sur son visage.

— Oui, eh bien... il y a environ un mois, je l'ai séduit.

Sarah entendit Nat grincer des dents.

— Je n'ai pas vraiment envie de penser à ça, mais, d'accord. Tu es une adulte, et si tu attendais que Cal fasse le premier pas, nous serions tous morts avant que ça arrive.

À ces mots, les larmes de Sarah redoublèrent, elle sanglota dans sa chemise.

— Il ne veut pas de moi, Nat. Je l'ai vu en ville, et je l'ai pratiquement supplié de m'épouser. Il m'a dit qu'il ne voulait pas de moi. Qu'il ne m'aimait pas.

Les bras de son frère étaient si serrés autour d'elle qu'ils lui faisaient mal.

— Je vais le tuer.

Elle s'éloigna de lui.

— C'est ton meilleur ami, espèce d'idiot. Tu ne peux pas le tuer juste parce qu'il ne m'aime pas en retour.

Les yeux bleus de Nat s'écarquillèrent, puis il secoua la tête.

— Qu'il ne t'aime pas en retour ? Ce gars scrute tes moindres faits et gestes. Il te tient les portes ouvertes. Il prend ton assiette au dîner. Il cire ta selle même si tu ne montes qu'une fois par mois. Je vais le tuer pour s'être comporté comme un abruti et t'avoir fait pleurer.

Sarah n'arrivait pas à penser correctement. Elle était épuisée, émotionnellement et physiquement, et elle avait encore une longue journée de travail le lendemain.

— Il m'aime comme une sœur...

— En tant que ton véritable frère, je peux t'assurer que ce n'est *pas* ce qu'il ressent.

— Il ne m'aime pas comme tu aimes Eliza. Ou comme Ryan aimait Becky. Vous deux, vous n'avez jamais eu honte de la personne avec laquelle vous étiez.

Nat soupira.

— Cal est convaincu à tort qu'il n'est pas assez bien pour toi...

— Eh bien, me mettre plus bas que terre, c'est une sacrée façon de le montrer !

Nat leva une main comme pour dissiper la colère qui bouillonnait en elle.

— Je vois que ce n'est pas le moment d'en parler. Fais-toi couler un bain chaud, et je vais t'apporter un plateau avec ton dîner, lui dit-il, passant une main sur sa frange comme il le faisait à ses chevaux lorsque leur crinière leur retombait dans les yeux. Nous allons arranger les choses. Cal ne va nulle part. Tu ne vas nulle part. Il a juste besoin d'un peu de temps pour se faire à l'idée qu'il a le droit d'être heureux.

Sarah lui prit la main.

— Tu ne désapprouves pas ?

Nat lui jeta un regard étrange.

— Comme tu l'as dit, c'est mon meilleur ami. Personne d'autre ne serait assez bien pour toi.

Sarah hocha la tête, et Nat s'en alla. Intérieurement, elle se sentait toujours vide et brisée. Après tout ce qui s'était passé au cours de cette année-là, elle avait espéré passer un bon Noël, un moment de joie et de nouveaux départs. Mais, indépendamment de ce que Nat pensait, peut-être que Cal et elle n'étaient pas destinés à vivre heureux ensemble. Peut-être que Cal Landon n'était pas l'homme qu'elle croyait.

CAL ÉTAIT ASSIS dans une cellule en essayant d'ignorer le sentiment insidieux de dégoût qui s'insinuait dans tout son corps. Les souvenirs l'assaillaient comme un poison et lui donnaient la nausée.

Il avait eu de la chance, compte tenu de ce qui aurait pu arriver à un garçon de quatorze ans dans le système pénitentiaire. De la sueur perla sous son t-shirt et coula dans son dos. Il avait été jugé en tant que mineur et avait passé les quatre premières années de sa peine dans un centre de détention adapté, où il avait terminé ses études secondaires et s'était dit que les choses n'allaient pas si mal. Ensuite, il avait été transféré dans une prison pour adultes, et le choc l'avait presque fait basculer. À bien des égards, là aussi, il avait eu de la chance. Il avait partagé la cellule d'un dur à cuire de l'Idaho nommé Lloyd

Deter. Ce type était un bigot anti-gouvernement, raciste et fasciste, mais il n'avait jamais été intéressé par Cal sur le plan sexuel, même s'il était de la chair fraîche dans une population carcérale qui n'était qu'en partie humaine. Lloyd n'avait pas non plus voulu que quelqu'un souille son colocataire, car cet idiot semblait penser qu'un homme violé par un autre devenait gay, et que l'homosexualité était contagieuse, apparemment. Une fois qu'il s'était assuré que Cal était aussi hétéro qu'il était possible de l'être, il avait protégé les arrières de ce dernier autant que les siens. Alors, oui, Cal avait eu de la chance. Il avait simplement dû passer des années à écouter des conneries de plouc. Et c'était peut-être *là* que résidait sa plus grande honte. De n'avoir pas été fidèle à lui-même, à ses convictions. De ne pas avoir défendu ses idées dans un système où il était assuré d'échouer.

Il s'en était sorti. Il n'en était pas fier. *Bon sang !* Il n'avait pas de quoi être fier.

Il entendit des charnières grincer quand une porte s'ouvrit et se referma au bout du couloir. Il leva les yeux. Un adjoint poussa son demi-frère devant lui vers la cellule.

Merde. Était-ce un cadeau de Noël tordu que Talbot offrait à Terry ?

Son demi-frère sourit. Il avait huit ans lorsque Cal avait tué son père. Il avait simplement voulu que ce type arrête de frapper sa mère. Malheureusement, la mère de Cal était morte d'une overdose d'héroïne la première année de sa détention. Terry était parti vivre chez une tante quelque part. Cal avait cru que le gamin s'en sortirait mieux.

Terry et ses amis avaient tenté de le battre à mort dans le relais routier local au printemps précédent. Ils auraient réussi si Eliza et Nat ne lui avaient pas sauvé la peau. Cet incident avait mis en évidence toutes les raisons pour lesquelles il ne pouvait pas se permettre de laisser quelqu'un se rapprocher de lui. Il aurait dû quitter la ville à ce moment-là, mais il n'avait pas pu se résoudre à abandonner une famille qui l'avait recueilli et aimé comme l'un des siens. Pas au moment où ils avaient eu besoin de lui. Quand Eliza avait été blessée, Nat avait passé la majeure partie de son temps à l'hôpital, et Cal avait pris le relais. Quelques mois plus tôt, Nat avait emmené Eliza en lune de miel en Australie, et il avait géré le ranch avec Ryan. Mais maintenant que les choses s'étaient apaisées, ils n'avaient plus vraiment besoin de lui. Il serait peut-être préférable, surtout pour Sarah, qu'il parte, qu'il s'installe dans un endroit où les gens ne connaissaient pas son passé, où ils ne pouvaient pas s'en servir pour faire du mal à ses amis.

L'adjoint lui lança un regard implacable par-dessus l'épaule de Terry, puis il détacha les menottes des poignets de son demi-frère. Ensuite, il déverrouilla la porte de la cellule de Cal et l'ouvrit en grand.

— Je veux que mon avocat vienne le plus vite possible, demanda-t-il à l'adjoint.

Jusqu'à présent, il s'était contenté de patienter avec ces salauds, mais maintenant, il ne voulait plus la jouer gentille.

— Bien sûr, monsieur Landon. Je m'en occupe tout de suite, répondit l'adjoint avec un rictus.

Terry sourit. Il portait une veste en cuir usée et il aimait se considérer comme un motard, mais Cal en avait rencontré des vrais et ils ne se contentaient pas de rouler à moto. C'étaient des durs à cuire, et les contrarier était un moyen infaillible de se faire tuer. Terry portait la veste et il pensait que cela faisait de lui un *bad-ass*. Ce type n'était qu'un foutu idiot.

L'adjoint s'en alla. Cal se dit que quelqu'un regarderait les images vidéo. Il fixa la caméra et secoua la tête.

— Ça faisait longtemps, Terry.

Il ne bougea pas de son siège. L'autre homme longea les

barreaux jusqu'à se poster face à lui, à environ un mètre de distance.

Terry avait six ans de moins que lui, il était maigre et couvert de tatouages.

— Tu m'évites, Cal.

Ce dernier laissa échapper un soupir. *Pas assez bien.*

— Je crois bien que oui.

Terry fit un pas en avant.

— Le temps est écoulé.

Il donna un coup que Cal esquiva. Ce dernier se leva et dut éviter un second poing.

— Je ne veux pas me battre avec toi, Terry. Je sais que tu es en colère. Je le serais aussi si quelqu'un avait tué mon père, mais ça n'a jamais été mon intention, et j'ai fait mon temps.

Il avait beau être sorti de prison, il en payait le prix tous les jours de sa vie, et il regrettait ses actes plus qu'il ne pourrait jamais le dire.

Terry frappa à nouveau et le toucha à la joue. Cal lui accorda ce coup.

— Espèce d'enfoiré ! Tu as fait ton temps ? Tu as tué mon père ! C'était un homme bien.

Cal esquiva un nouveau coup de poing et recula, les mains en l'air.

— C'était un abruti violent. Si je ne l'avais pas arrêté, il aurait tué ma mère, et sans doute nous aussi.

— Ta mère était une traînée droguée ! hurla Terry.

Et cela justifiait de la frapper ?

La mère de Terry était morte dans un accident de voiture, et son mari était au volant. Il n'avait jamais été inculpé, mais tout le monde savait qu'il était ivre à ce moment-là. Ce n'était pas un ange. La mère de Cal s'était attachée à ce père célibataire, et ils s'étaient mariés peu après. Un mariage infernal. La cérémonie de mariage était à peine terminée que ce type avait commencé à la battre.

Cal s'écarta. Il avait déjà fait trop de mal à son demi-frère. Il n'avait aucune envie de commettre un autre acte de violence, mais lorsque Terry commença à le frapper à l'estomac, Cal en eut soudain assez. Assez de s'excuser tous les jours de sa vie. Assez d'être le paillasson sur lequel les flics s'essuyaient les pieds. Il était mince, mais tout en muscle, et il avait appris à se battre en prison. Il esquiva et sautilla sur ses pieds. Terry voulut le frapper et balaya l'air avec son bras. Cal éclata de rire.

Terry plissa les yeux et son regard devint méchant.

— Je vais aller chercher cette jolie petite blonde avec son beau cul quand je sortirai d'ici, affirma-t-il, empoignant son entrejambe. Je lui donnerai un avant-goût de ce qu'un vrai homme peut lui offrir.

Cal frappa Terry au nez et l'entendit craquer. Il le frappa ensuite à la bouche ; il regarda la tête de son demi-frère basculer en arrière, puis il le fit tomber à terre avec deux coups de poing enchaînés. Il resta debout, la respiration laborieuse, tandis que l'autre homme gisait sur le sol et toussait.

— Si tu t'approches de *cette fille* ou si tu ne fais que regarder dans sa direction, je te ferai regretter de ne pas être mort le même jour que ton père. Compris ?

Il s'éloigna lorsque les adjoints se précipitèrent enfin à l'intérieur. Il resta debout à secouer la tête quand l'un d'eux le cogna suffisamment fort contre les barreaux pour que du sang gicle de son nez. Comme s'il pouvait avoir envie d'entraîner une femme comme Sarah dans les bas-fonds de son monde. Il cracha du sang. *Merde !* La nuit allait être longue.

CHAPITRE CINQ

Cal se gara devant la grange à chevaux. Il était huit heures du matin et il avait passé toute la nuit dans une cellule de prison qui empestait, craignant que, dès sa sortie, Terry ne parte à la recherche de Sarah. Il l'avait croisée en rentrant à la maison : elle était déjà en route pour le travail. Elle avait soigneusement évité de croiser son regard.

Cal avait été libéré sans inculpation dès que son avocate commise d'office s'était présentée. Apparemment, le shérif ne l'avait pas appelée avant six heures ce matin-là ; une « erreur de communication » selon Talbot. L'avocate, une jeune femme du nom de Deanna Montrose, avait incité Cal à déposer une plainte officielle, mais il voulait simplement sortir de là et s'assurer que Sarah allait bien. Il lui avait téléphoné pour s'excuser et lui dire de se méfier de son demi-frère, mais elle ne répondait pas à son portable. Il l'avait blessée la veille, et ce regard qu'elle lui avait lancé quand il lui avait menti en prétendant ne pas l'aimer… Il lui avait arraché le cœur. Mais c'était peut-être mieux ainsi.

Il tira le premier sac de fourrage de la plate-forme du camion et le hissa sur son épaule. Puis il fit de même avec un deuxième sac. Il se retourna, et Nat se tenait là, l'observant avec une méfiance qu'il n'avait jamais vue auparavant dans le regard de son ami.

— Que s'est-il passé ? s'enquit Nat.

— J'ai été retenu en ville.

— Tu es allé te saouler après avoir bouleversé ma sœur ?

Cal plissa les yeux.

— *Ouais*, c'est exactement ce que j'ai fait.

Nat le connaissait mieux que cela. Il dut voir le sang sur son col, ou peut-être l'épuisement dans ses yeux, et il abandonna le sujet. Il prit deux sacs à l'arrière du camion.

— La neige arrive.

Cal leva les yeux vers le ciel et repéra les nuages lourds. L'hiver ne le dérangeait pas. Certains jours, il avait envie qu'ils se retrouvent bloqués par la neige pour toujours.

— Ouaip.

Il entra dans les écuries et jeta le sac dans la salle de stockage. Nat le suivit, puis l'empêcha de sortir.

— Elle a pleuré toute la nuit, jusqu'à ce qu'elle s'éclipse pour aller à ta cabane, et se rende compte que tu n'étais pas rentré la nuit dernière.

Cal ferma les yeux, puis appuya son front contre le mur froid.

— Je n'ai jamais voulu lui faire de mal.

— Alors pourquoi lui en fais-tu ? insista son ami.

Cal serra les dents : il refusait d'en parler.

— Trouve un moyen de réparer ça ! s'exclama Nat, puis ils retournèrent au camion pour prendre d'autres sacs. Elle t'aime depuis que tu es arrivé ici, l'été précédant notre entrée au lycée.

Cal déglutit et hocha la tête. Le meilleur été de sa vie. Même avoir les jumeaux qui les suivaient partout avait été plutôt mignon. Cet été-là, il avait vu une vraie famille à l'œuvre, il avait appris la valeur du travail, et il s'était rendu compte qu'il aimait ça. Nat s'était tenu à ses côtés pendant et après le procès. Le père de Nat, Jake, s'était même porté garant de sa moralité devant le tribunal, ce qui avait permis de réduire sa peine. Cal devait tout à ces gens, et, pour le moment, il ne faisait que leur causer des ennuis.

Nat repoussa son chapeau à l'arrière de sa tête.

— C'est ma petite sœur. Je ne supporte pas de la voir souffrir. Surtout après toutes les épreuves qu'elle a traversées. Surtout quand je sais ce que tu ressens pour elle.

Cal prit une décision à ce moment-là. Ce serait comme si on lui plantait des clous dans le crâne, mais il le ferait. Il allait quitter le Triple H et une femme qui pouvait avoir tous les hommes qu'elle voulait.

Une énorme boule d'émotion lui obstrua la gorge. Au bout de quelques mois, elle finirait par l'oublier.

—Je dois aller nourrir les chevaux.

Il tourna le dos à son meilleur ami, et lutta contre une vague d'émotion qui lui donna envie de pleurer. Il voulait rester ici. Du plus profond de son être, il voulait faire partie de cette famille, aimer Sarah, et élever des enfants avec elle. Mais il avait vu à quel point il était facile de blesser une femme. Il savait qu'Eliza avait déjà été victime de brutalités de la part d'un autre homme. Il ne pouvait pas accroître le danger auquel ils étaient confrontés. Aucun homme digne de ce nom ne causerait d'ennuis à de bonnes personnes.

La seule chose qu'il pouvait faire pour assurer leur sécurité était de s'en aller.

CAL N'ÉTAIT PAS RENTRÉ la veille. Sarah serra les dents. Quand elle l'avait croisé sur la route, il portait le même t-shirt que la veille. Elle ne pouvait qu'imaginer qu'il avait dormi dans le camion plutôt que d'être près d'elle, ou qu'il s'était saoulé à mort, ou encore, et son cœur se serra à cette idée, qu'il avait passé la nuit avec une autre femme juste pour se prouver à quel point elle ne comptait pas pour lui.

Dire qu'elle était allée à la cabane, qu'elle avait ravalé sa fierté, bien déterminée à parler, tout en sachant, avec un sentiment de honte, qu'elle se serait contentée de faire l'amour juste pour se sentir proche de lui, juste pour avoir l'impression que leur relation n'était pas vraiment terminée…

Bon sang ! Elle était pathétique. L'amour, *ça craignait.*

Elle se gara sur le parking de l'hôpital et s'adressa d'une voix enjouée à la petite fille de trois ans assise dans le siège auto à l'arrière.

— Nous y sommes. Est-ce que le père Noël vient à la garderie aujourd'hui, Tabby ?

La petite fille blonde frémit d'enthousiasme. Elle commençait tout juste à comprendre ce qu'était Noël et abordait les fêtes avec beaucoup d'anticipation, d'euphorie, et une overdose de paillettes argentées. Sarah descendit de la voiture et ouvrit la portière arrière pour détacher Tabby de son siège. Elle souleva la petite fille.

Elle était si mignonne avec ses bottes roses, ses collants et sa robe. Elle portait un manteau blanc avec un col en fourrure, et elle ressemblait tant à sa mère que Sarah en avait la gorge nouée. Il fallait qu'elle cesse de s'apitoyer sur son sort. Sa vie amoureuse était un désastre, et alors ? Becky avait été sa meilleure amie au lycée. À un moment donné, cette dernière avait commencé à passer autant de temps avec Ryan qu'avec Sarah et, même si elle avait été un peu lente à comprendre, celle-ci avait fini par se rendre compte qu'ils étaient ensemble et qu'elle était la troisième roue du carrosse.

Becky et Ryan étaient sortis ensemble pendant le reste du lycée, puis ils avaient tous deux étudié à Montana State. Ils s'étaient mariés l'été après la remise de leur diplôme, et Sarah jurait qu'elle n'avait jamais vu deux personnes plus heureuses ou mieux assorties. Le mariage avait été parfait. Leur vie commune avait été parfaite. La seule fois où elle les avait vus se disputer, c'était lorsqu'on avait diagnostiqué un cancer du sein à Becky. Elle était enceinte de Tabitha, et elle avait refusé tout traitement jusqu'à la naissance du bébé, mais, à ce moment-là, il était trop tard. Elle était morte peu de temps après avoir pris sa fille dans ses bras, et, pendant longtemps, Sarah avait cru qu'elle allait perdre son frère aussi. Ryan ne s'en était jamais vraiment remis, mais il semblait avoir renoncé à s'autodétruire. Il commençait enfin à apprendre à connaître sa fille, mais Sarah était consciente qu'il avait toujours le cœur brisé.

Elle avait souffert avec lui. Elle avait fait son deuil avec lui. Et elle avait fait de son mieux pour remplacer une mère qui avait aimé sa petite fille de tout son être. Sarah s'était donné pour mission de remplir la vie de Tabby des souvenirs heureux que méritaient tous les enfants. C'était le moins qu'elle pouvait faire. Elle attrapa sa sacoche médicale et la boîte à lunch de Tabitha ; elles se tinrent par la main pour se rendre à la garderie rattachée à l'hôpital.

S'occuper de cette magnifique petite fille l'aidait à oublier ses sentiments blessés.

Sarah conduisit Tabby dans le long couloir et appuya sur la sonnette pour entrer dans la garderie. Elle était censée être réservée aux enfants du personnel, mais ils avaient fait une dérogation spéciale pour elle. Ce qui était une bonne chose compte tenu de la pénurie de médecins qu'ils connaissaient ces derniers temps.

Le jour de Noël, un nouveau médecin traitant prenait ses fonctions, le pauvre. Et dès que Sarah aurait concrétisé ses projets avec le médecin de famille local de Stone Creek, ils allaient devoir se trouver un autre résident.

Elle embrassa Tabitha et lui promit de venir la chercher à

seize heures précises, afin qu'elles puissent être de retour à temps pour un grand dîner en famille. Elle verrait Cal à ce moment-là. Ils parleraient. Une nouvelle vague d'émotions la frappa. Peut-être cela leur ferait-il du bien d'être séparés quelques heures. Du temps pour se calmer. De réfléchir à leur avenir en tant que couple.

Ce n'était pas parce qu'elle l'aimait qu'elle ne voyait pas ses défauts. La vie n'était pas faite que de fleurs et de chansons d'amour, et, à bien y réfléchir, la plupart des chansons d'amour se terminaient par un retournement de situation amer.

Elle rangea sa veste et son sac dans son casier, enfila sa blouse blanche, passa son stéthoscope autour de son cou, et prit une grande inspiration. *C'est parti !* Elle franchit les portes et plongea dans le chaos.

À huit kilomètres de Stone Creek, le County Hospital desservait une ville d'environ quinze mille habitants et une grande communauté essentiellement rurale. Ils y voyaient de tout : des démembrements causés par du matériel agricole, des blessures par balle, des accidents de voiture, et le quota quotidien habituel de maux, de douleurs, de fièvres et de blessures infantiles.

Elle voulait être occupée. Elle avait besoin de se distraire.

— Qui avons-nous en premier, Madge ? s'enquit-elle auprès de l'infirmière en charge.

— Mme Henriksson en box d'examen numéro un, docteur Sullivan. Puis-je vous dire que vous êtes très séduisante aujourd'hui, ma belle ? Est-ce au profit de notre nouveau chirurgien orthopédique très sexy ?

Sarah décocha un regard ironique à Madge. Elle avait choisi de porter la robe portefeuille rouge avec ses grandes bottes noires pour se remonter le moral. Elle avait oublié qu'elle cherchait à éviter d'attirer l'attention d'un certain Reilly Spencer. Elle tira la langue à l'infirmière qu'elle connaissait depuis des années.

— Prévenez-moi si vous le voyez, murmura-t-elle.

— Si vous voyez qui ? demanda une voix grave dans son dos. Sarah se retourna. *Zut !*

— Juste un patient.

Ses yeux parcoururent sa robe rouge avant de revenir sur son visage. Il avait l'air sincèrement intéressé. Comme elle avait pleuré la moitié de la nuit et qu'elle n'avait pas fermé l'œil, elle était surprise qu'il ne se précipite pas en hurlant à travers les grandes portes à double battant. Il lui serra le bras d'un geste trop familier et son souffle chaud caressa son oreille alors qu'il se penchait vers elle.

— Faites-moi savoir si vous avez besoin d'aide, proposa Spencer.

— Je le ferai, merci.

Elle s'éloigna et décocha un regard noir à Madge par-dessus son autre épaule. Elle imaginait sans peine les absurdités dont l'infirmière en chef des urgences remplissait la tête de cet homme.

Elle n'a pas eu de rencard depuis des années. Elle se consacre à son travail et à sa famille. C'est une bête de somme.

Bla. Bla. Bla. Qu'en était-il du fait d'avoir eu des rapports sexuels intenses avec un magnifique cow-boy tous les soirs depuis plusieurs semaines, hein ?

Son humeur s'assombrit. Elle en avait assez des hommes. Des cow-boys, en tout cas. Elle ouvrit le rideau du box d'examen numéro un.

— Madame Henriksson… Waouh, nom d'un chien !

Elle examina le visage de sa patiente, qui présentait une grosse contusion violette, accompagnée d'un nez cassé. Sarah s'éclaircit la voix en regardant le dossier.

— Pourriez-vous me dire ce qui s'est passé ?

Heather Henriksson porta une main à son front dans un geste qui reflétait sa gêne.

— J'ai foncé dans une porte.

Sarah haussa les sourcils ; elle n'était pas d'humeur à écouter des conneries.

— La porte avait-elle des poings ?

La femme détourna le regard. Sarah remarqua alors le petit garçon assis par terre à côté du lit. Il devait avoir cinq ans, et il portait un pyjama Spiderman. *Merde.*

— Hé, petit pote, comment t'appelles-tu ?

L'enfant regarda le sol, et sa mère lui tendit la main.

— Voici Henry Junior.

La manière presque désespérée dont la mère s'accrochait à son fils remua un peu le cœur de Sarah.

— Et qui vous a amenée, madame Henriksson ?

La femme toussa et se cramponna aussitôt les côtes.

— Mon mari m'a déposée. Il devait aller faire des courses pour Noël.

Il voulait se faire pardonner d'avoir battu sa femme en lui offrant quelques cadeaux et en faisant les courses ? Ou bien il avait trop honte pour montrer son visage ?

— Avez-vous mal à la tête ? s'enquit Sarah.

Comment pourrait-il en être autrement ? Sarah avait la migraine rien qu'à la regarder.

— J'ai mal à la tête, oui, confirma Mme Henriksson en se touchant le front.

Sarah l'examina sous le regard attentif du garçon aux grands yeux bruns. Il lui faisait penser à Cal et à tout ce qu'il avait enduré en grandissant. *Bon sang !* Pas étonnant qu'il ait du mal à nouer des relations.

— Madame Henriksson, Heather, je crains que vous n'ayez une côte cassée et une commotion cérébrale. Nous allons vous faire passer des radiographies pulmonaires et un scanner. Y a-t-il quelqu'un qui pourrait garder Henry Junior pour vous ?

Sarah pointa du doigt le petit garçon qui essayait de se

glisser sous le lit pour ne pas se faire remarquer. Comme il était différent de Tabitha, qui se pavanait tout en rose comme si elle était une reine ! Cet enfant aurait voulu se fondre dans les murs. Le cœur de Sarah commença à se briser. Puis elle commença à s'agacer.

— Je veux qu'il reste auprès de moi, insista Heather Henriksson.

— Vous ne voulez pas que j'appelle votre mari ? s'enquit Sarah d'un ton neutre.

Ses yeux, presque complètement fermés tant ils étaient gonflés, clignèrent en signe d'alarme. Elle secoua prudemment la tête. Sarah s'assit sur le lit et saisit la main libre de la patiente. Elle prit soin de parler à voix basse.

— Si votre mari vous a fait ça, Heather, vous devez porter plainte. Vous devez sortir de cette maison avant qu'il vous tue, vous ou votre fils.

Pendant un instant, Sarah crut qu'elle parvenait à la convaincre. Cette occasion s'envola lorsqu'une grave voix masculine s'éleva de l'autre côté du rideau. Heather s'écarta en tressaillant, et l'enfant rampa sous le lit tandis que le rideau s'ouvrait brusquement.

Henry Henriksson était un homme grand, avec des épaules massives et robustes, et un beau visage. Ses yeux se posèrent sur leurs mains jointes. Heather retira brusquement la sienne de celle de Sarah.

— Monsieur Henriksson ?

Sarah se leva et tendit la main à l'homme en souriant. Elle aurait dû être actrice. Le haut de sa tête arrivait au milieu de la poitrine de M. Henriksson, mais elle n'était pas intimidée.

—Je suis le Dr Sullivan.

Le grand homme prit la petite main de Sarah dans la sienne. Elle tint bon quand il voulut s'éloigner, et elle tourna ses articulations abîmées vers la lumière.

— Aïe. Ces blessures semblent douloureuses, monsieur Henriksson. Voulez-vous que je les panse ?

Elle gardait les yeux bien ouverts et l'expression neutre, mais il comprit qu'elle savait exactement ce qu'il avait fait. Il plissa les yeux et relâcha sa main.

— Allons-y, dit-il à la femme sur le lit.

— Nous ne sommes pas encore prêts à autoriser Mme Henriksson à sortir, annonça Sarah, et c'était une affirmation, pas une option. Votre femme pourrait avoir une commotion cérébrale, et je pense qu'elle a au moins une côte cassée. Les examens vont durer quelques heures.

L'homme dansait d'un pied sur l'autre, l'expression dure, les lèvres pincées. S'il l'attaquait, ce serait douloureux, mais Sarah ne bougea pas de sa position devant la femme blessée. Ce n'était pas de la bravoure. La jeune femme avait toujours eu des gens pour la défendre : ses parents, ses frères, *Cal*, et même la sécurité de l'hôpital. La patiente n'avait personne.

— Je vous propose de revenir vers midi pour voir où nous en sommes. Cela vous donnera l'occasion de terminer les préparatifs de Noël, et cela permettra à votre femme de se reposer. Je suis sûre que vous ne voudriez pas perdre votre temps à faire un nouveau trajet jusqu'ici, ou que Heather doive être réadmise dans quelques heures.

Sans parler d'une inculpation pour meurtre si cette femme sans défense venait à mourir d'une hémorragie cérébrale que tu aurais provoquée, espèce de malade.

L'homme sembla déconcerté. C'est alors qu'il aperçut son fils. Il secoua la tête.

— Henry Junior, viens avec moi. Nous reviendrons dans quelques heures pour voir comment se porte ta maman.

La femme sur le lit commença à se redresser. D'un instant à l'autre, elle allait déclarer qu'elle « allait bien » et signer une décharge pour quitter l'hôpital.

— J'ai demandé à Henry Junior s'il voulait rencontrer le père Noël qui visite certains services aujourd'hui. Cela ne pose pas de problème qu'il reste pour jouer avec les autres enfants, si vous êtes d'accord.

Sarah sourit au petit garçon. Elle aurait vraiment dû se lancer dans la comédie.

— Je m'assurerai que ce soit terminé pour midi, chéri, dit Heather Henriksson à son mari d'une voix si douce qu'elle donna à Sarah l'envie de vomir. Désolée de gâcher ta journée comme ça.

Sarah masqua son dégoût.

Désolée d'avoir besoin de soins médicaux parce que tu as frappé une femme deux fois plus petite que toi si fort que tes poings ont saigné. Et désolée que mes côtes se soient brisées sur tes pauvres mains meurtries.

Au moins, il n'avait pas dirigé sa fureur contre leur précieux enfant.

Sarah connaissait la chanson. Elle en avait assez souvent été témoin par le passé. Elle voulait sortir cette femme d'une situation de maltraitance, mais les chances d'y parvenir étaient minces. Des femmes et des hommes étaient pris au piège de circonstances et d'un cycle d'abus. Ils ne voyaient pas d'issue possible. Certains étaient trop effrayés pour partir. Certains pensaient qu'ils ne méritaient pas d'être aidés. Sarah n'arrivait pas à comprendre comment des êtres humains pouvaient croire qu'ils méritaient un tel traitement. Ils ne traiteraient pas un animal de cette façon.

Elle ne comprenait pas. Elle ne comprendrait jamais.

Le silence s'étira. Elle se prépara. Elle savait exactement où il passerait Noël s'il levait la main sur elle, et elle se réjouissait de cette idée. Pourtant, elle ne voulait pas aggraver la situation pour Heather et le petit garçon, car il y avait de fortes chances qu'ils finissent par rentrer chez eux.

Il recula d'un pas et consulta sa montre. Les épaules de Sarah s'affaissèrent.

— Je serai de retour à midi, annonça-t-il, puis il tourna les yeux vers sa femme. Assure-toi d'être en bas à m'attendre.

Son ton n'admettait pas de refus. Heather acquiesça. Sarah poussa un grand soupir tandis qu'il s'éloignait. Elle se retourna vers la femme.

— Je vais emmener Henry Junior passer quelques heures à la garderie pendant que vous faites vos examens.

Heather ouvrit la bouche pour protester, mais Sarah lui prit la main et la serra.

— Il y sera en sécurité, et il va s'amuser. Ce sera bon pour lui. Faites-moi confiance.

La femme finit par acquiescer et Sarah se rapprocha.

— Il y a des gens qui peuvent vous aider, Heather. Des endroits où vous pouvez aller.

Heather se mordit la lèvre, puis serra plus fort sa main.

— Je suis enceinte.

Sarah faillit reculer sous le choc.

— Est-il au courant ?

Le visage de Heather se décomposa et elle se mit à pleurer. Elle hocha la tête.

— Ça l'a mis en colère. Nous ne pouvons pas nous permettre d'avoir une autre bouche à nourrir, expliqua-t-elle avec un reniflement humide. Pourriez-vous vous assurer que mon bébé va bien ?

Les yeux de Sarah se remplirent de larmes. Qu'est-ce qui n'allait pas dans ce monde ? C'était Noël. La jeune femme était déterminée à ce que quelque chose de bien se produise ce jour-là.

— D'accord, Henry Junior. Allons voir le père Noël.

Elle lui tendit la main et, après une légère hésitation, le petit garçon la prit. Elle regarda la mère.

— Je vous envoie d'abord faire un scanner crânien, et ensuite nous verrons pour le bébé, d'accord ?

La femme acquiesça, mais ses traits étaient marqués par la détresse.

— Sois un bon garçon, Henry Junior.

Sarah aurait pu parier le ranch que le petit Henry Junior était *toujours* un bon garçon. Mais cela ne le mettrait pas à l'abri. Ces poings finiraient par s'abattre sur lui. S'il avait de la chance, il finirait comme Cal. S'il n'avait pas de chance, il finirait mort. Et dire qu'elle s'était apitoyée sur son propre sort ce matin-là...

Quelle idiote !

Nat et Eliza étaient allés acheter des provisions pour tenir jusqu'à la semaine suivante. Ezra rendait visite à sa nouvelle amie : apparemment, même les hommes édentés avaient une meilleure vie amoureuse que Cal. Et Ryan était parti contrôler le bétail dans l'un des pâturages supérieurs.

La maison était vide de personnes, mais remplie de souvenirs. C'était la seule vraie maison qu'il ait jamais connue. Cal avait nourri les chevaux, il avait écrit de courtes lettres à Sarah, Nat et Ryan et les avait mises sur la cheminée.

Il avait jeté son équipement dans un sac de voyage et se tenait debout, à contempler le bleu-gris pâle des montagnes dentelées qui les entouraient. Jamais il n'oublierait cet endroit. Même l'air semblait différent. Il était propre, frais, brillant.

Cal ne s'était jamais considéré comme quelqu'un doté d'une imagination débordante, mais cette terre avait quelque chose de magique, depuis les aigles qui planaient au-dessus des plus hauts sommets jusqu'aux petites fleurs qui se cachaient dans les bosquets de ciguë humides. Il pinça les lèvres et gratta une dernière fois le cou du chien du ranch. La patte arrière du vieil animal se mit à bouger en signe d'appréciation.

Cal grimpa dans son camion et s'en alla, regardant la maison en L dans le rétroviseur tout au long du chemin.

C'était peut-être mieux ainsi, mais l'idée de partir lui arrachait le cœur. Et cette émotion n'était rien à côté de l'idée de ne plus jamais revoir Sarah. Elle allait être vraiment bouleversée de recevoir cette maudite lettre. Quel genre d'abruti rompait avec une lettre ? Surtout à Noël ? Ses doigts s'agrippèrent au volant. Il s'était raconté qu'il valait mieux pour elle qu'il s'en aille, mais c'était de la pure lâcheté. Il avait trop peur pour l'affronter. Il la connaissait depuis plus de vingt ans, et il l'aimait tellement qu'il avait l'impression de se noyer dans cet amour. Mais l'avertissement de Terry résonnait dans sa tête. La menace était bien réelle.

Mais s'enfuir comme un lâche n'était pas envisageable. Aussi, au lieu de tourner le volant à gauche, loin de la ville, il prit à droite. Il devait regarder Sarah droit dans les yeux lorsqu'il lui dirait au revoir. Quand il lui expliquerait exactement pourquoi il partait. Il ne voulait pas qu'elle pense, ne serait-ce qu'une minute, qu'il ne l'aimait pas et ne la respectait pas. Il tenait à elle plus qu'à quiconque et il était prêt à sacrifier tous les habitants de la planète pour la protéger. Elle n'avait pas besoin de savoir ça, mais elle avait besoin de savoir qu'elle méritait mieux qu'un minable comme lui.

Les gyrophares le surprirent. Il jeta un coup d'œil au compteur et se rendit compte qu'il avait été tellement distrait par l'idée d'aller voir Sarah qu'il avait dépassé de quinze kilomètres la limite de vitesse sur la route droite qui menait à la ville. Lorsque le shérif Talbot descendit de sa voiture de patrouille, Cal se mit à rire. Ce type l'avait finalement épinglé pour quelque chose de légitime.

Espèce d'ordure.

CHAPITRE SIX

Sarah avait à peine eu le temps de réfléchir avant qu'un accident de la route avait conduit à l'acheminement de trois patients en traumatologie, dont deux dans un état critique. Elle avait envoyé le troisième adolescent en radiologie après avoir aidé à la mise en place d'un plâtre du poignet à l'épaule, et un autre à la jambe. C'était le chanceux du groupe.

Elle se servit un café en salle de repos et se dirigea vers le bureau pour voir où ils en étaient dans leur guerre contre la folie quotidienne. Elle jeta un coup d'œil vers la gauche et vit Henry Henriksson qui discutait avec Sheila Goldstein dans le couloir.

Zut !

— Qui a appelé les services sociaux ? demanda Sarah à Madge.

Elle avait hésité puis décidé d'essayer d'abord de convaincre Heather de porter plainte auprès de la police. Ensuite, elle avait oublié les Henriksson en se battant pour sauver la vie de la fille adolescente de quelqu'un. Elle avait besoin d'un clone.

— Le Dr Spencer a alerté les services sociaux, et ils ont appelé Sheila.

— Je veux récupérer mon fils, exigea Henriksson, dont la voix s'éleva au-dessus du bruit de la salle d'attente. Et je veux que ma femme vienne ici, tout de suite.

Il leva la tête et croisa le regard de Sarah.

— Vous m'avez menti, espèce de garce.

Il plissa les yeux, le regard empli d'une haine pure ; le cœur de Sarah lui martela les côtes. Les gens lui lançaient des coups d'œil nerveux. C'est alors que la sécurité intervint, tandis que Sheila tentait d'expliquer le protocole à l'homme enragé. Il repoussa les mains de l'agent, tourna les talons et franchit les portes donnant sur l'extérieur.

Madge posa la paume sur sa poitrine.

— Mon Dieu ! J'ai cru qu'il allait péter les plombs ici même.

Sarah hocha la tête.

— Moi aussi. Qui avons-nous ensuite ?

Certaines personnes étaient là depuis des heures. Elle passa les dossiers en revue avec Madge, essayant de déterminer qui avait le plus besoin d'elle.

Un étrange bruit de cliquetis se fit entendre à l'entrée. Lorsque Sarah se tourna vers la porte principale, elle blêmit soudain. Henriksson était revenu, mais cette fois avec un fusil.

Sarah ne réfléchit pas. Elle courut. Elle devait retrouver la femme et le fils de Henriksson avant lui. Elle courut jusqu'au coin du couloir et elle entendit un coup de feu. Elle plongea dans l'ascenseur et appuya sur le bouton. Une balle percuta la paroi métallique de la cabine au moment où les portes se refermaient. Cet homme avait franchi une ligne, et il ne pourrait jamais revenir en arrière. Elle monta au troisième étage, même si Heather Henriksson était au quatrième. Elle formula des excuses silencieuses auprès de tous les gens de cet étage tandis qu'elle courait en criant :

— Intrus armé ! Verrouillez cet étage immédiatement !

Elle s'engagea dans les escaliers et commença à grimper les

marches en béton. Elle fit irruption au quatrième étage et traversa le couloir en hurlant le même message. Les gens se mirent en action, commencèrent par bloquer l'ascenseur et à sécuriser les portes coupe-feu, ramenèrent les patients dans leurs lits et se barricadèrent à l'intérieur. Sarah se précipita dans la salle du scanner.

— Où est Heather Henriksson ? demanda-t-elle.

La technicienne se leva d'un pas chancelant.

— Elle est partie. Elle a dit qu'elle allait chercher son fils et rentrer chez elle.

Une vague de terreur submergea Sarah. *Oh, mon Dieu !* La garderie. Elle devait s'assurer que les enfants étaient en sécurité.

Mais l'alarme avait été donnée, et ils allaient verrouiller l'endroit. Elle en était consciente, mais cela n'apaisait pas son inquiétude. Elle sortit son téléphone de sa poche et envoya un message à Nat pour qu'il récupère Tabitha au plus vite. Il avait appelé plus tôt pour lui dire qu'Eliza et lui étaient en ville. Sarah resta figée là, haletante. *D'accord... réfléchis un instant de manière rationnelle.* Les portes des salles étaient verrouillées. Pour ce qu'elle en savait, ce type pouvait tout aussi bien être coincé dans l'ascenseur. Les flics ne tarderaient pas à arriver, et M. Henriksson serait placé en détention.

Reilly Spencer sortit en courant de son bureau. Il semblait se réveiller d'une sieste rapide.

— Que se passe-t-il ?

— Ce type au sujet duquel vous avez appelé les services sociaux ? commença Sarah, juste au moment où des coups de feu résonnaient à nouveau, la faisant frémir de peur. Disons simplement qu'il n'est pas très content.

Spencer écarquilla les yeux.

— Oh, *merde* ! L'endroit est sécurisé, n'est-ce pas ?

Sarah laissa échapper une bouffée de terreur.

— Aussi sécurisé qu'un endroit de cette taille puisse l'être.

Son cœur se mit à battre la chamade lorsqu'un bruit qui ne pouvait être que celui de l'ascenseur de service commença à gronder. Elle attrapa un trousseau de clés sur le bureau de l'infirmière et courut vers la sortie de secours.

— Rentrez dans vos bureaux et verrouillez les portes !

Elle débloqua la porte coupe-feu que le personnel avait sécurisée.

— Qu'allez-vous faire ? lui demanda Spencer, qui avait l'air hésitant.

Les mains de Sarah tremblaient tandis qu'elle ouvrait la porte.

— L'éloigner des patients. C'est moi qui lui ai parlé ce matin, et c'est à moi qu'il reproche d'avoir fait intervenir les services sociaux. Je lui ai promis que sa femme serait prête à partir à midi, et il pense que j'ai tout manigancé.

Spencer courut vers elle. Elle n'avait pas le temps de discuter avec lui : l'ascenseur de service s'ouvrit et Henry Henriksson en sortit. Il posa les yeux sur elle, puis il leva son fusil à hauteur d'épaule juste au moment où le Dr Spencer se glissait par la porte coupe-feu ouverte ; Sarah la referma derrière lui. Tous deux se mirent à courir.

— Pourquoi est-ce qu'on monte ? s'enquit Spencer, le souffle court.

— Vous allez avertir le service de pédiatrie, et vous assurer qu'ils sont barricadés à l'intérieur. Je vais sur le toit, et je descendrai par l'escalier de secours. Ensuite, j'irai à la garderie. Je dois trouver la femme et le fils de Henriksson.

Et Tabitha.

Dans quel genre de monde vivaient-ils, où un homme pouvait battre sa femme, puis menacer d'une arme à feu toute personne qui protestait ? L'écho de pas en dessous d'eux les fit courir plus vite.

CAL SORTIT son assurance et sa carte grise.

Talbot lui souriait comme un homme qui avait gagné un million à la loterie.

— Vous avez sûrement mieux à faire la veille de Noël ? lui demanda Cal.

— Malgré ce que tu penses, je ne reste pas assez à attendre que tu commettes une erreur, Landon, affirma le shérif, dont l'expression devint sombre. Il y a eu un accident sur la soixante-huit, et je rentrais en ville quand j'ai vu quelqu'un faire un excès de vitesse. Ce n'est pas ma faute si tu as enfreint la loi.

— L'accident était grave ? demanda Cal.

Merde. Quelle tristesse qu'une telle chose se produise la veille de Noël ! Le shérif regarda ses pieds.

— Trois adolescents qui roulaient trop vite sont sortis de la route et ont fait plusieurs tonneaux.

Il remonta sa ceinture tactique. Cal grimaça. Ce type n'était qu'un con, mais il ne lui enviait pas son travail.

— J'espère qu'ils vont bien.

Quelqu'un parla dans la radio, et le shérif s'immobilisa alors qu'il était en train de rédiger sa contravention. Il tendit la main pour prendre le micro.

— Répétez.

Cal entendit « homme armé » et « coups de feu », puis le lieu, « County Hospital ». Un très mauvais pressentiment l'envahit.

— Dix-quatre. Je suis en route, annonça Talbot à la radio, tout en jetant ses papiers à Cal par la vitre ouverte. Considère ça comme un avertissement.

Il retourna en trottinant jusqu'à sa voiture, mit les sirènes et les gyrophares en marche et démarra.

C'était quoi, ça ? Cal fronça les sourcils. *Un tireur au County ?*

Il démarra son camion et mit le pied au plancher. Il essaya de joindre Sarah sur son portable, mais elle ne répondit pas. *Bon sang !* Il appela Nat à la place.

— Il se passe quelque chose au County. Rejoins-moi là-bas dès que possible.

Il alluma sa propre radio, et un frisson lui parcourut le corps. Des rapports faisaient état d'un intrus armé et de coups de feu *à l'intérieur* de l'hôpital. Il appela Ryan, mais, en dépit des améliorations technologiques d'Eliza, la réception des portables était toujours irrégulière et aléatoire dans le ranch. Il laissa un message.

Les secondes lui parurent interminables tandis qu'il parcourait les derniers kilomètres qui le séparaient de l'hôpital, le pied au plancher pendant la plus grande partie du trajet. La vue de l'Explorer de Sarah sur le parking déclencha un nouvel élan de panique dans ses veines, tout comme la vue des flics vêtus de noir qui entouraient l'entrée principale. Sarah était là, quelque part. Tout comme Tabitha.

Il se tourna quand quelqu'un lui tapa sur l'épaule.

— Est-ce que Sarah est ici ?

C'était Eliza. Nat se tenait derrière elle, balayant du regard la foule que les flics tentaient de faire reculer.

Cal ravala sa peur. Puis il secoua la tête.

— À la radio, ils disent qu'un intrus armé se trouve dans le bâtiment.

— Sarah m'a envoyé un message pour que je vienne chercher Tabitha.

Alors même que Nat parlait, Cal vit un flot d'enfants conduits en sécurité sur la droite.

— Eliza, pourrais-tu aller chercher Tabitha et t'occuper d'elle jusqu'à ce que Ryan arrive, s'il te plaît ? s'enquit-il, et l'inflexion de sa voix la suppliait de faire ce qu'il lui demandait.

Elle acquiesça. Puis elle glissa quelque chose dans la main de Nat, refermant sa veste pour le cacher. Son Glock.

— Je vais m'assurer que Tabitha est en sécurité et voir ce que je peux trouver d'autre. Je ne veux pas que l'un d'entre vous soit blessé, mais j'ai autant confiance dans les flics locaux que dans un groupe de lycéens qui font du paintball.

Le téléphone de Nat bipa à nouveau, et il le consulta.

— Sarah se dirige vers le toit.

Eliza hocha la tête. Elle avait passé des semaines ici au printemps.

— Il y a un escalier de secours à l'arrière du bâtiment qui mène du toit au rez-de-chaussée. Allez la chercher pour la mettre en sécurité, mais ne vous faites *pas* tirer dessus.

Son regard était féroce quand elle embrassa son mari à pleine bouche. Puis elle posa la main sur la mâchoire de Cal et lui adressa un sourire rapide.

— Et si tu ne la traites pas correctement quand nous la sortirons de là, je te tirerai dessus moi-même.

Elle secoua la tête en le regardant, puis elle s'éloigna.

Cal la regarda partir. Si quelqu'un comprenait exactement ce qui se passait dans son cerveau, c'était bien Eliza. Et il se rendit soudain compte que fuir pour assurer la sécurité des autres ne lui avait pas semblé plus raisonnable quand elle avait tenté de le faire aussi.

SPENCER REILLY se sépara de Sarah au dernier étage du bâtiment et se précipita dans le service de pédiatrie, verrouillant la porte derrière lui. Elle l'entendit crier des instructions aux personnes à l'intérieur. Henriksson haletait lourdement dans leur sillage.

— Je veux récupérer ma femme, sale garce menteuse ! lui hurla-t-il.

Génial. Il bafouillait, ce qui suggérait qu'il avait profité de la matinée pour alimenter sa colère avec du whisky.

Un homme qui battait sa femme, armé et ivre à Noël. Qu'est-ce qui pouvait mal tourner ?

Sarah atteignit le toit et envoya un remerciement silencieux au destin quand la porte s'ouvrit sans peine. Elle la claqua et se servit du passe-partout pour la verrouiller derrière elle. Elle devait gagner du temps pour avoir le temps d'atteindre l'escalier de secours.

Avec un peu de chance, les flics locaux étaient déjà en train de monter les escaliers à la suite du tireur. S'ils parvenaient à le piéger là, peut-être pourraient-ils le convaincre de se rendre, et que personne ne serait blessé. Elle se précipita vers l'échelle métallique et baissa les yeux cinq étages plus bas, vacillant légèrement sous l'effet du vertige. Elle n'aimait pas la hauteur.

Elle n'avait pas le temps de réfléchir. En dépit du vent, elle entendit Henriksson marteler la porte de ses poings. Elle grimpa sur l'escalier de secours et s'agrippa à deux mains au métal glacial des rampes. Le vacarme des tirs de l'arme automatique la fit trembler d'effroi. Aussi vite qu'elle l'osait, elle descendit, la rouille maculant ses mains d'orange tandis que le vent fouettait sa robe. Elle tremblait de froid et de peur, sa prise s'affaiblissant à mesure qu'elle progressait aussi vite qu'elle le pouvait, cherchant désespérément la sécurité relative du premier palier. Soudain, elle se retrouva face au canon d'un fusil, puis au visage furieux de Henry Henriksson, qui regardait par-dessus le parapet.

— Ramène-toi ici, espèce de garce, ou je te descends sur place !

Ses doigts se resserrèrent sur la détente, et Sarah comprit que, si elle voulait vivre, elle devait arrêter de fuir. *Merde !* Elle déglutit et hocha la tête. Ses chances de s'en sortir venaient de diminuer.

CAL COURUT, Nat sur les talons. Les flics locaux se concentraient sur la façade du bâtiment d'où les gens sortaient en masse, le visage blanc de peur. La police ne disposait pas d'effectifs suffisants pour fouiller l'ensemble de l'hôpital, contrôler la foule, isoler les méchants potentiels, les cibles et les passants innocents. Essayer de localiser un médecin dans cette folle mêlée ne faisait pas partie de leurs priorités. Mais c'était la sienne. Il sauta par-dessus un muret et se fraya un chemin à travers les arbustes, s'arrêtant brusquement, le bras en travers de la poitrine de Nat lorsque son regard fut attiré par un éclair de couleur au-dessus d'eux. Cal eut l'impression que quelqu'un l'avait branché sur une prise de courant quand il vit un homme empoigner une petite blonde vêtue d'une robe rouge et la ramener sur le toit.

— Que portait Sarah quand elle est partie travailler ce matin ? s'enquit-il.

La bouche de Nat était pincée en une ligne sévère.

— Une robe rouge. Allons-y.

Dès que l'ordure au fusil s'éloigna du mur, Cal courut jusqu'à l'escalier de secours, sauta pour attraper le premier barreau de l'échelle, se hissa, remonta jusqu'aux marches, puis commença à grimper rapidement. L'escalier était bruyant, mais Cal espérait que le vent couvrirait le son. Après quelques marches supplémentaires, il retira ses bottes. Il pouvait se déplacer bien plus furtivement en chaussettes. L'escalier grinça, mais ne gémit pas tandis qu'il s'élançait vers le toit.

Arrivé au sommet, il jeta un œil, mais ne vit aucune trace de l'assaillant. Il franchit le muret et attendit que Nat le rejoigne. Les pieds nus de son ami auraient dû le faire sourire, mais il était trop engourdi intérieurement. Il saisit le bras de Nat et le tira assez près de lui pour lui murmurer à l'oreille.

Il devait connaître la vérité avant qu'ils ne s'engagent dans cette situation.

— Mon demi-frère, Terry, a menacé Sarah hier. C'est pour ça que je l'ai repoussée, et que je lui ai dit que je ne l'aimais pas. Il se tenait juste derrière elle à ce moment-là.

Jamais il ne se le pardonnerait si Sarah était blessée. Les yeux de Nat s'embrasèrent.

— Terry est une ordure, mais ce n'est pas lui. Je reconnais le type avec le fusil. Henry Henriksson. Je suppose qu'il a fini par envoyer sa femme à l'hôpital, et qu'il a été un peu contrarié par le fait que quelqu'un fasse un signalement.

Le cœur de Cal s'emballa.

— Alors, tout ça, ce n'est pas à cause de Terry ?

Nat secoua la tête.

Cal n'arrivait pas à croire qu'il s'était convaincu que tout était sa faute. Cela l'apaisa, même si, en réalité, cela ne changeait rien. Sarah courait toujours un danger immédiat à cause d'un homme misogyne. L'idée que quelqu'un puisse poser la main sur elle...

Nat sortit le Glock d'Eliza et le vérifia. Il y avait une balle dans la chambre.

Cal n'était pas armé, mais cela ne signifiait pas qu'il n'était pas dangereux. Si ce type faisait du mal à Sarah, il le balancerait du haut de ce foutu toit.

— Je vais contourner le conduit de ventilation pour voir s'il est là.

Nat acquiesça.

— Je vais partir par l'ouest. On se retrouve de l'autre côté de la cage d'escalier, annonça Nat, sortant son téléphone portable. Mets le tien en mode silencieux. Gardons une ligne ouverte entre nous pour pouvoir entendre ce qui se passe ; je vais ajouter Eliza à l'appel également. Avec un peu de chance, elle pourra empêcher les flics de nous tirer dessus.

Cela les empêcherait peut-être de tirer sur Nat, mais Cal n'imaginait pas que cela lui vaudrait des faveurs. Il acquiesça et fit ce que Nat lui suggérait, tenant le téléphone à l'oreille tout en se déplaçant prudemment d'un endroit à couvert à l'autre. Il n'y avait personne près du conduit de ventilation.

Il entendit des voix et se dirigea prudemment vers l'autre côté de la cage d'escalier.

— Dis-moi où sont ma femme et mon gosse, espèce de foutue garce ! hurla Henriksson à Sarah.

Cal passa la tête au coin du mur et vit un homme qui empoignait les cheveux de Sarah, dont le visage se tordait de douleur. Il voulait charger le type, mais le canon de l'arme qu'il tenait à une main était braqué sur le corps de la jeune femme. S'il le surprenait, il serait bien trop facile à cet enfoiré d'appuyer sur la détente.

Cal ne le reconnaissait pas, et il ne pensait pas que Henriksson connaissait ses liens avec Sarah ou les Sullivan. Il se dit qu'il pourrait détourner son attention.

Il colla son téléphone sur son oreille et avança nonchalamment dans son champ de vision. Il écarquilla les yeux avec horreur, tandis que Henriksson et Sarah le fixaient avec les mêmes expressions de surprise.

Cal leva les mains et en profita pour glisser son portable dans la poche de sa chemise.

— Mec ! s'exclama-t-il, espérant que Sarah jouerait le jeu. Qu'est-ce qui se passe ?

— Vous êtes qui, bordel ? s'exclama l'assaillant.

Cal recula d'un pas. Henriksson poussa Sarah à l'écart de la porte, comme pour le suivre. *Viens, mon pote. Viens voir papa...* Nat était un excellent tireur. Cal n'avait qu'à attirer Henriksson à découvert, et éloigner Sarah de ce foutu canon de fusil.

— Je suis simplement monté pour fumer tranquillement, déclara Cal.

Il espéra que le type ne remarquerait pas qu'il n'avait pas de chaussures.

Sarah masqua sa réaction face à son apparition en se tortillant, et Cal espéra qu'elle ne recevrait pas une balle.

— M. Henriksson cherche sa femme, lança Sarah, les yeux emplis de méfiance. Je lui ai dit qu'elle était sortie et qu'elle était sans doute en train de rentrer chez eux avec leur fils, mais il ne me croit pas.

Henriksson resserra sa prise sur les cheveux de Sarah, qui cria. Cal dut refréner son envie de tabasser ce salaud à mort pour avoir posé une main sur sa femme. Au lieu de cela, il fit un pas en arrière, et Henriksson s'avança vers lui.

— Mec. Ce n'est pas cool. Laissez partir le doc et allez retrouver votre femme. Elle n'est pas sur ce toit, c'est sûr.

Il rit comme un crétin et incita l'autre type à faire un pas de plus. *Allez, abruti.* Henriksson donna un coup dans les côtes de Sarah.

— Elle m'a mis les services sociaux sur le dos. Je vais lui faire voir pourquoi les garces dans son genre devraient garder leurs grandes bouches fermées.

— Hé, mec, je comprends, répondit Cal, qui présenta intérieurement ses excuses silencieuses aux femmes du monde entier. Certaines garces n'ont que ce qu'elles méritent.

Il parlait d'une voix dure, et il vit Sarah hausser les sourcils. Mais Henriksson était enfin à découvert. Cal regarda Nat se glisser derrière la porte et avancer jusqu'à ce qu'il se tienne à quelques pas derrière l'homme armé. Henriksson était plus grand que Nat, et il devait sans doute peser le même poids qu'eux deux réunis.

Cal attendit que son ami frappe la tempe du tireur avec la crosse de son arme. Mais, même alors, Henriksson ne tomba pas. Au lieu de cela, il poussa un rugissement de bête et se tordit violemment, tenant toujours Sarah et le pistolet. Cal empoigna le fusil et poussa le canon jusqu'à ce qu'il pointe en l'air. Henriksson appuya sur la détente et Cal s'accrocha, le canon lui brûlant les doigts tandis qu'il tressautait entre ses mains. Il remonta son genou dans l'aine du grand type pendant que Nat tirait Sarah à l'écart du danger et la poussait derrière lui, dans la cage d'escalier.

— Cours, Sarah ! lui cria Cal. Tire-toi d'ici !

Henriksson changea de tactique et se mit à avancer, repoussant Cal vers l'arrière. *Oh, merde.* Ils prenaient de l'élan. Ce cinglé allait le faire basculer par-dessus le bord du bâtiment. Cal passa une jambe entre celles de l'autre homme et accrocha son pied au genou de ce dernier.

Henriksson trébucha et atterrit comme une baleine échouée sur lui. Un autre coup de feu partit. Le bruit était d'une intensité assourdissante, les balles percutèrent la maçonnerie. Cal chercha Sarah du regard, mais il ne la vit pas, heureusement. Henriksson entreprit alors d'appuyer l'avant-bras sur sa gorge, l'empêchant de respirer. Il ne pouvait pas se défendre sans lâcher le canon du fusil, et s'il le faisait, il était mort.

Alors qu'il priait pour que les ricochets ne le tuent pas, et que ses tympans menaçaient d'éclater à cause du bruit, il aida cette ordure à vider son chargeur. La vision de Cal commença à se brouiller, mais il se souvint tout à coup qu'il avait des jambes. Il envoya des coups dans les reins de Henriksson, mais cela ne semblait pas avoir beaucoup d'impact. Finalement, le fusil s'enclencha, mais aucune balle ne sortit. *Vide.*

Cal sourit. À présent, ils étaient à égalité.

Il dégagea un bras et griffa l'œil du géant, enfonçant ses ongles courts dans l'orbite. Nat était derrière lui et essayait de tirer, mais ils étaient tellement empêtrés qu'il était impossible de viser Henriksson sans toucher Cal.

Ce dernier enfonça ses doigts plus fort. Henriksson recula

sous l'effet de la douleur, relâchant la pression sur la gorge de Cal et lui permettant de reprendre son souffle.

— Arrêtez ou je tire ! ordonna Nat.

Le tireur roula et se releva, entraînant Cal avec lui pour s'en servir de bouclier. L'homme lança son arme vide. Sarah sortit en courant de sa cachette et se posta à côté de Nat ; son amour pour Cal brillait dans ses yeux. Le grand homme le portait littéralement en arrière, vers la chute qui les tuerait tous les deux. Il ne pensait qu'à une seule chose : il n'avait jamais prononcé les mots. Il n'avait jamais dit à Sarah qu'il l'aimait.

Cette idée le poussa à agir. Il ne les avait pas défendus, sa mère et lui, il y a tant d'années, pour mourir des mains d'une autre ordure violente.

Il planta son coude dans le ventre de Henriksson. Il frappa ensuite le nez de l'homme avec son poing, enfonçant le cartilage dans son crâne. Le tireur tituba vers le bord du bâtiment. Cal tomba à genoux, mais l'autre homme avait trop d'élan, et il était trop près du bord. Ses bras firent des moulinets quand il commença à tomber. *Merde !* Une partie de Cal voulait le laisser partir, le laisser tomber et éliminer le problème. Mais il ne pouvait pas. Il plongea vers l'avant et saisit la main de cet homme. Il entendit des pas derrière lui quand Nat se précipita pour faire de même. Et soudain ils furent là, à retenir cette maudite ordure alors qu'il se balançait du toit de l'hôpital.

— Ne me laissez pas tomber ! S'il vous plaît, ne me laissez pas tomber, les supplia Henriksson.

— Je suis tenté de le lâcher, annonça Nat. Le monde serait meilleur.

Ils laissèrent les mots en suspens un instant, petite vengeance pour la panique et la peur que cet homme avait provoquées en ce jour qui aurait dû être rempli de joie et de paix.

— Non, dit clairement Cal.

Il savait ce qu'il voulait maintenant. Il avait fini par comprendre que de mauvaises choses arrivaient parfois, qu'il soit là ou non. Au moins, s'il restait à proximité, il pourrait veiller sur les gens qu'il aimait, plutôt que de s'enfuir comme un imbécile.

— Je veux qu'il réponde de ses actes pour avoir porté la main sur *ma* femme. Je veux qu'il découvre ce que la population carcérale fait à un gros costaud qui bat les femmes.

Il avait l'impression que ses bras étaient en train de se déboîter. Si quelqu'un ne leur venait pas en aide rapidement, ils allaient lâcher cet enfoiré, qu'ils le veuillent ou non. Finalement, Cal entendit des bruits de pas. D'autres mains se joignirent aux leurs et hissèrent Henriksson par-dessus le mur, puis le traînèrent plus loin sur le toit avant de lui passer les menottes.

Cal roula loin du bord et leva les yeux vers le ciel d'étain. Soudain, Sarah se tenait au-dessus de lui. Les mains sur les hanches, elle ressemblait à un rêve devenu réalité. Elle portait de grandes bottes noires et une robe rouge qui épousait toutes ses courbes et qui était un peu de travers après toute cette agitation. Les yeux de Cal remontèrent le long de ses jambes. Même avec sa blouse blanche, elle était très sexy. *Bon sang!* Il était allongé là, entouré de vingt agents des forces de l'ordre, et il était excité rien qu'à la regarder.

— Tu me pardonnes? lui demanda-t-il à voix basse.

Elle lui donnait l'impression d'être sur le point de taper du pied.

— Prêt à rendre publique notre relation, Landon?

Il se mit à genoux, regarda autour de lui les deux adjoints qui allaient sans doute lui passer les menottes ensuite. Ils souriaient. Il se tourna vers Sarah.

— Je crois que je viens de le faire, répondit-il, puis il lui prit la main et l'attira vers lui.

Il la fit rouler pour qu'elle soit allongée sous lui, écarta les cheveux de son visage.

— Je t'aime, Sarah Sullivan, déclara-t-il avant de l'embrasser lentement et tendrement, savourant ce contact. Tu mérites un homme un million de fois mieux que moi, mais si tu me veux vraiment… marions-nous.

Elle lui sourit à ces mots, mais elle plissa les yeux.

Oh, oh…

— *Marions-nous ?*

Elle haussa les sourcils. Manifestement, il n'était pas encore pardonné.

— Après m'avoir dit que tu ne m'aimais pas hier soir, et avoir ensuite passé la nuit à faire la fête en ville ?

Faire la fête ? Il avait du mal à détourner son regard des lèvres de Sarah, dont la couleur était assortie à sa robe. Elle avait une tenue mortelle ce jour-là, et elle était en train de le tuer.

— J'ai passé la nuit en cellule.

Elle posa les yeux sur les adjoints qui eurent le bon sens de détourner le regard.

— Je vois, fit-elle.

Son regard bleu était direct et limpide quand elle le posa à nouveau sur lui.

— Il y a une bague dans la vitrine du bijoutier, en or blanc, avec plein de petits diamants sertis en cercle. Rentre à la maison avec ça, et peut-être que nous pourrons parler.

Elle le repoussa, se releva et repartit vers la cage d'escalier en remuant les hanches ; tous les yeux étaient rivés sur elle tandis qu'elle s'éloignait.

Ils avaient déjà escorté Henriksson, menottes aux poignets.

Cal s'assit, meurtri et endolori, mais quelque chose en lui était en train d'exploser, mélange d'espoir et de soleil en dépit du froid glacial de la journée. Il cria après Sarah.

— Vous êtes un peu difficile à impressionner, vous le savez, docteur Sullivan ?

— Si vous ne tentez pas votre chance, moi je le ferai, lui dit un adjoint en souriant.

Cal éclata de rire. Parce que Sarah ne voulait pas de l'adjoint. C'était *lui* qu'elle voulait. Il le comprenait enfin ; après une vie passée à être plus têtu que la mule du ranch, quelque chose traversait enfin son crâne épais.

Il. Méritait. D'être. Heureux.

Et elle aussi. Nat tendit la main et aida Cal à se relever.

— Elle est têtue.

Cal se gratta la tête.

— Je dois aller chercher cette bague.

— Tu m'étonnes ! répondit Nat.

Le shérif Talbot apparut sur le toit, les mains posées sur sa ceinture.

— J'ai besoin que vous veniez tous les deux au poste...

Cal secoua la tête.

— Je dois aller chez le bijoutier avant qu'il ferme.

— Dommage. Vous êtes tous les deux impliqués dans l'arrestation d'un homme armé. Que faisiez-vous tous les deux sur le toit de toute façon ?

Talbot le dévisagea, comme s'il venait de se rappeler qu'il l'avait laissé sur le bord de la route moins de vingt minutes plus tôt.

Pour la première fois, Cal s'énerva contre l'autre homme. Le feu qui brûlait en lui réduisit à néant la réserve qu'il affichait habituellement en présence de l'homme de loi.

— Écoutez, shérif, la femme que j'aime aurait pu mourir ici aujourd'hui, et ce n'est pas grâce à vous que nous avons pu l'éviter. Elle m'a dit que je devais aller lui acheter des diamants, alors c'est exactement ce que je vais faire.

Talbot plissa les yeux et passa sa langue sur ses dents.

— Je vais prendre ça en considération, mais pour l'instant, vous venez tous les deux avec moi.

Nat se tenait à côté de lui, et la tension émanait de lui par vagues. *Merde !* Cal en avait assez de supporter toutes ces conneries.

— Non !

Talbot ouvrit la bouche pour argumenter ou menacer. Mais Cal parla plus fort.

— Je *comprends* que vous ayez besoin de m'interroger, dit-il, parce qu'il n'était pas idiot. Je *comprends* que vous me considériez comme une ordure pour avoir fait ce que n'importe quel homme ferait s'il en voyait un autre se déchaîner sur une femme. Je ne peux pas ramener le père de Terry d'entre les morts, et croyez-moi, j'aimerais que ce soit le cas, juste pour qu'il obtienne ce qu'il mérite au lieu d'être considéré comme une victime innocente.

Ce type avait été une brute odieuse qui se servait de ses poings pour frapper tout ce qui lui tombait sous la main.

Cal regarda Talbot, qui n'était plus doux et docile, mais furieusement en colère.

— Je ne peux pas changer ce que vous pensez de moi, et je m'en fiche. Mais nous allons nous rendre à Stone Creek, et je vais aller faire un peu de shopping dès maintenant, quitte à le faire menottes aux mains. Sinon, je vais commencer à porter plainte pour harcèlement policier, comme me l'a suggéré mon avocate. Je me fais bien comprendre ?

Talbot fronça les sourcils et détourna le regard. Puis il adressa un signe de tête à l'un de ses adjoints.

— Emmène Landon au poste de Stone Creek. Arrête-toi chez Rozen en chemin. Je vais interroger M. Sullivan en premier.

CHAPITRE SEPT

La bravade de Sarah avait disparu le temps qu'elle se rende au bureau des admissions. Elle trouva Madge en train d'empiler des dossiers.

— Quelqu'un est blessé ?

Madge secoua la tête. Toutes deux regardèrent Henry Henriksson qui montait dans une voiture de patrouille. Madge détourna son attention, soupira et s'éventa.

— La seule chose positive aujourd'hui, c'est de voir tous ces hommes en uniforme.

Les genoux de Sarah commencèrent à flancher, et elle se laissa tomber dans le fauteuil de l'infirmière ; elle se pencha en avant et entoura ses jambes de ses bras.

— Je n'arrive pas à croire que vous soyez en train de reluquer ces types alors qu'il y a des impacts de balles dans les murs !

Madge éclata de rire avant de siffler.

— Les jeans *Wrangler* sont aussi très sympas sur un beau cow-boy... Mmmh...

— Dites-moi que vous n'êtes pas en train de baver sur mon frère !

— Sur lui et son ami. Est-ce qu'il est pris, ma belle ?

Sarah se leva à temps pour voir Cal être forcé de monter à l'arrière d'une autre voiture de patrouille.

— Il vient juste de me sauver la vie sur le toit.

Et il lui avait dit qu'il l'aimait. Sa gorge se serra.

— Il est pris, sans le moindre doute.

Elle aurait voulu que les flics cessent de le harceler. Madge sourit d'un air narquois.

— Elle a de la chance.

— J'ai de la chance, c'est vrai, affirma-t-elle, croisant le regard de Madge en souriant, alors même que des larmes commençaient à couler sur son visage. Vraiment.

Elle s'éclaircit la gorge, puis elle prit un dossier.

— Bon, allez. Je veux rentrer à la maison avant que le père Noël arrive avec mes cadeaux, alors mettons de l'ordre dans ce chaos et faisons sortir tous ces gens.

— C'est comme si c'était fait, doc, répondit Madge avec un grand sourire. Et, Sarah ? Amusez-vous bien à ouvrir vos cadeaux, ma belle.

— J'en ai l'intention.

Tous les jours. Elle n'allait pas tout gâcher, même si Cal ne lui apportait pas de bague, du moment qu'il rentrait auprès d'elle, elle l'aimerait pour le reste de leur vie.

CAL SORTIT DE SA CABANE, rasé de près, vêtu d'un pantalon noir et de chaussures inconfortables qu'il avait achetées pour le mariage de Nat et Eliza, d'une chemise d'un blanc aveuglant fraîchement repassée et d'un Stetson noir. Il prit une grande inspiration. C'était le moment.

— On dirait que tu te prépares pour une bataille, dit une voix sortant de l'obscurité.

Il tourna la tête sur la gauche et vit Sarah qui se tenait debout dans le clair de lune. Elle portait à nouveau ces bottes avec une autre robe rouge, mais celle-ci avait l'air d'être en laine et avait des manches longues. Soudain, sa bouche devint sèche. Ses pensées partirent en fumée. Il était presque sûr qu'elle essayait de le tuer à force de désir et de concupiscence à l'ancienne.

— T'ai-je remercié de m'avoir sauvé la vie aujourd'hui ? demanda-t-elle.

— Tu es ici, n'est-ce pas ? Je n'ai pas besoin d'autres remerciements.

Savoir qu'elle était saine et sauve alors que cet enfoiré l'avait menacée d'une arme... doux Jésus ! Il ne voulait pas y penser.

Elle se rapprocha, et il l'observa attentivement. Elle se plaça juste devant lui, posa ses mains sur son torse, se hissa sur la pointe des pieds et captura ses lèvres. Elle avait un goût de miel et de cannelle, une odeur de tarte aux pommes.

Il ferma les yeux et lui rendit son baiser. *Bon sang !* Comme il la voulait ! Il la voulait, sans le moindre doute. Pour toujours.

Elle s'écarta.

— J'ai trouvé ça, annonça-t-elle, sortant de sa poche la lettre qu'il lui avait laissée. Tu étais en train de me quitter.

Cal hocha la tête.

— Pour mon propre bien ?

Il grimaça.

— Cela me semblait logique sur le moment.

Sarah baissa les yeux sur le sol gelé. Il n'y avait pas encore de neige, mais Cal la sentait dans l'air.

— Cela te semble-t-il logique maintenant ?

Il y avait des larmes dans la voix de la jeune femme ; il détestait l'idée de l'avoir blessée, de l'avoir fait pleurer.

— Non.

Il secoua la tête et lui prit la main. Puis il posa un genou à terre.

— Sarah Sullivan. Me ferais-tu l'immense honneur de devenir ma femme ? lui demanda-t-il, sortant un écran de velours noir de sa poche qu'il ouvrit. Je t'aime, ce que je t'ai aussi dit dans la lettre, et quand j'ai su que tu étais en danger aujourd'hui, j'ai finalement compris que je n'étais pas responsable de tout ce qui se passe dans ce monde. J'aimerais faire de mon mieux pour te rendre heureuse tout au long de notre vie.

La main de Sarah tremblait quand elle l'arrêta au-dessus de l'anneau.

— Tu as trouvé celle que je voulais ! remarqua-t-elle, touchant la bague avec révérence. Oh, Cal ! Tu n'avais pas vraiment besoin de m'offrir une bague ! Je sais qu'elle t'a coûté une fortune !

Une fortune ? Croyait-elle vraiment qu'il se souciait un instant de l'argent si c'était la bague qu'elle voulait ? Il la sortit de son écrin et la lui tendit.

Elle la passa à son doigt.

— Elle est à ma taille.

— Est-ce que c'est un oui ?

Sarah pinça les lèvres tandis que Cal retenait son souffle.

— Oui !

Il poussa un cri et se releva d'un bond, puis il la souleva dans ses bras et la fit tourner.

— Elle a dit oui ! cria-t-il, et les collines lui renvoyèrent l'écho.

Il rit quand des cris de joie retentirent dans la maison principale. Il l'embrassa alors comme il se devait ; elle lui rendit son baiser comme si elle voulait fusionner avec lui. Quand il s'écarta, il regarda la bague qui scintillait à son doigt.

— Je t'aime, Sarah Sullivan. J'adorerais retourner dans la cabane et te retirer lentement cette robe, centimètre par centimètre, mais je crois que nous ferions mieux d'aller rejoindre la famille.

Sarah lui sourit et posa une main sur sa joue.

— Comment as-tu pu imaginer que je serais mieux sans toi ?

Il posa son front sur celui de la jeune femme.

— Les cow-boys ne sont pas aussi intelligents que les médecins urgentistes.

— Oh ! fit-elle, écarquillant les yeux. J'ai quelque chose à te dire…

Elle lui prit la main et lui parla de ses projets de reprendre le cabinet de médecine familiale local pendant qu'ils descendaient la colline.

Quand ils arrivèrent à la maison principale, les autres se précipitèrent dehors et l'entourèrent d'accolades et de tapes dans le dos. Comment avait-il pu se croire capable de laisser tout cela derrière lui ? Comment avait-il pu penser qu'il avait le droit de prendre les décisions à la place des autres ? Ils étaient tous dans le même bateau. Il posa le regard sur le visage souriant d'Eliza, puis sur le sourire complice de Ryan. Ils avaient connu l'enfer, ils en étaient revenus, et ils se battaient toujours. Cal revint vers sa fiancée, qui était dans les bras de son grand frère. Il l'entraîna à l'écart, la souleva dans ses bras, et l'embrassa langoureusement devant tout le monde.

— Joyeux Noël, Sarah, dit-il lorsqu'ils reprirent leur souffle.

— Le père Noël est arrivé, tonton Nat ? s'enquit Tabitha, très enthousiaste.

Aucun des enfants de la garderie n'avait été blessé ou n'avait entendu de coups de feu, heureusement.

Nat souleva sa nièce dans ses bras et la jeta en l'air. Elle poussa un cri de joie.

— Pas encore, ma jolie. Mais Sarah et Cal ont pu ouvrir un de leurs cadeaux en avance. Et si nous allions tous jeter un coup d'œil sous le sapin et que nous prenions chacun un cadeau en cachette avant de passer à table ?

Tabitha poussa un cri de joie et partit devant. Ils la suivirent dans le salon.

Sarah retint Cal un instant et lui serra la main.

Une lueur brilla dans les yeux de la jeune femme avant qu'elle ne l'embrasse tendrement sur le côté de la bouche.

— J'ai eu *exactement* ce que je voulais pour Noël. Et je ne parle pas de la bague, cow-boy.

Merci d'avoir lu la série *Pour elle – Romance à suspense*. J'espère que vous avez aimé lire ces histoires. J'ai l'intention d'inclure certains des autres personnages secondaires dans les prochains livres (bonjour, le FBI).
Ce qui me fait penser... Avez-vous déjà commencé la série *Le Sommeil des justes* ?

Si ce n'est pas le cas, poursuivez votre lecture en découvrant le premier chapitre de mon best-seller à suspense plusieurs fois primé,
DANS L'OMBRE DE LA LOI

Il était près de minuit et Alex Parker était assis dans l'obscurité.

Edgar Paul Meacher était parti trois heures plus tôt, au volant du fourgon blanc qu'il gardait à cet effet exclusivement. Meacher avait probablement changé ses plaques sur un chemin de terre tranquille, avant de se mettre en chasse.

Alex avait fouillé la ferme : il avait trouvé suffisamment de preuves pour confirmer que ce type était bien celui qu'il cherchait, mais rien d'autre d'intéressant. Sa chaise se trouvait dans l'ombre, face à la porte. Le bruit d'un moteur gronda dans l'allée. Il n'était pas nerveux. Il ne l'était jamais, depuis sa première mission en 2005.

La ferme se trouvait à environ un kilomètre de la petite ville de Fleet, en Caroline du Nord. Ses murs étaient imprégnés de la légère odeur sulfureuse de chou pourri provenant des champs entourant la propriété. Aucun voisin pour témoin de la sauvagerie à laquelle s'adonnait Meacher. Pas de passants pour se plaindre des cris non plus. C'était également valable pour Alex.

Il plaça son doigt contre le métal froid du SIG P229 équipé d'un canon fileté de 9 mm et d'un silencieux. Une portière claqua, puis une autre s'ouvrit. Un grognement d'effort se fit entendre. On traînait et hissait quelque chose de lourd.

La porte de derrière pivota sur ses gonds. Alex pointa le pistolet en direction de l'homme, prêt à en finir. Mais Meacher descendit directement à la cave, aveuglé par l'excitation de déballer son dernier cadeau, qu'il portait dans une vieille couverture sale.

Alex se leva. Il avança en silence sur le plancher de la ferme centenaire et descendit les escaliers avec la discrétion d'un fantôme.

Le sous-sol était sombre et poussiéreux. Une légère odeur de moisi flottait dans l'air. Le repaire classique du tueur en série. Une unique ampoule éclairait le coin où était installé un lit de camp, confortable et douillet, à l'exception de l'épais film plastique qui le recouvrait. Le sol et les murs étaient d'un gris omniprésent, parsemés çà et là de taches de peinture de couleur rouille. Sauf que ce n'était pas de la peinture. C'était du sang. Le sang de victimes âgées de dix-neuf à trente-cinq ans. Des femmes dont le seul tort avait été de croiser la route de Meacher. Dix femmes, selon le FBI, et d'autres encore, inconnues des autorités. Pour l'instant.

Il y avait une canalisation bien placée au milieu de la pièce. Un seau, un tuyau d'arrosage et des bouteilles d'eau de javel volumineuses – évidemment achetées en gros. Plusieurs rouleaux de plastique étaient appuyés contre le mur et des piles de rubans adhésifs s'amoncelaient à côté de la chaudière. Fort de son expérience et de son esprit pratique, ce type était un pro du meurtre.

Tout comme Alex.

Meacher était occupé à attacher sa dernière victime au lit, aux barreaux duquel des menottes attendaient patiemment leur prochain hôte. L'ordure – professeur de mathématiques au lycée du coin – gardait généralement les femmes en vie pendant une semaine environ avant de mettre un terme à leur calvaire.

Alex chassa de ses pensées les anciennes victimes. Les morts ne revenaient pas, et y penser ne ferait qu'aggraver ses cauchemars.

Meacher prit les menottes et les passa aux poignets de la femme. Leur cliquetis retentit dans le silence sinistre de la cave. Le fait que la victime soit attachée jouait en faveur d'Alex, voilà pourquoi il laissa Meacher terminer. Il ne voulait pas qu'elle puisse bouger. Il ne voulait pas qu'elle se retrouve dans sa ligne de mire.

Le type ne se retourna pas. Il ne détourna pas un instant son regard de la jeune femme brune. On aurait pu penser qu'une personne habituée à traquer des proies percevrait la présence d'un autre prédateur dans son propre repaire.

Visiblement pas.

Meacher passa sa langue sur ses lèvres et déchira le chemisier de la femme. Les boutons sautèrent, résonnant sur le sol de la cave. Le dégoût qu'Alex éprouvait pour cet homme augmentait à chacun de ses actes méprisables.

— Edgar, murmura-t-il.

Meacher fit volte-face, ses lèvres dessinant un O de surprise lorsqu'il aperçut Alex dans les escaliers. L'homme n'eut pas le temps de s'élancer ni de se défendre. Alex dessina un autre O de sa propre composition pile entre ses deux yeux. Un tir couplé. Le bien nommé « Kidnappeur » s'écroula sur le sol, raide mort.

Malgré le silencieux, le coup de feu fit vibrer les tympans d'Alex, mais il ignora la gêne occasionnée. Des maux de tête le tourmentaient depuis son séjour dans une prison marocaine, mais il avait eu de la chance d'en sortir vivant et ces désagréments faisaient simplement partie de sa punition. Et *voilà* ce qui constituait l'autre moitié de sa pénitence.

Il ramassa les deux douilles avec un mouchoir et les plaça dans une pochette en silicone qu'il avait fait coudre sur mesure. Il retira le silencieux et glissa le SIG dans son holster d'épaule. Il se dirigea ensuite vers la dernière victime du Kidnappeur, allongée sur le lit de camp. Sa tête dodelinait d'un côté et de l'autre alors que les effets de la kétamine – la drogue de prédilection de Meacher pour ses enlèvements – s'estompaient. Alex aurait voulu libérer la femme de ses menottes, mais la vibration dans sa poche lui indiqua qu'il était temps de partir. Ses chevaliers en armure étaient sur le point de faire irruption.

Il lui caressa les cheveux et lui dit d'une voix douce :

— Les fédéraux arrivent. Vous allez vous en sortir.

L'instant d'après, il était dehors, se fondant dans l'obscurité tandis que des véhicules déboulaient des routes avoisinantes.

Le FBI estimait à environ deux cent cinquante les tueurs en série actifs aux États-Unis. Le travail d'Alex consistait à réduire ce nombre, un odieux meurtrier après l'autre.

Dans l'ombre de la loi disponible ici.

Si vous voulez en savoir plus, Ryan Sullivan. Il apparaît dans les livres Cold Justice - Most Wanted qui sont actuellement en cours de traduction. inscrivez-vous à la newsletter de Toni Anderson en français : https://www.toniandersonfrancais.com/newsletter/

REMERCIEMENTS

J'ai écrit *Un risque pour elle* en réponse à des lecteurs qui me demandaient plus d'histoires sur le ranch Triple H. Lorsque j'ai écrit *Un sanctuaire pour elle* (c'était mon premier livre, j'ai mis cinq ans à l'écrire et il a été publié en 2004), il y avait une troisième histoire d'amour dans le livre. J'ai supprimé cette intrigue secondaire parce que l'histoire était déjà assez compliquée avec la relation d'Eliza et de Nat, et les débuts maladroits de Marsh et de Josie. Ce que je n'avais pas réalisé avant de relire *Un sanctuaire pour elle*, c'était que j'avais supprimé toute allusion aux sentiments entre Cal et Sarah. Ils avaient perdu leur histoire d'amour. Même si je ne me sentais pas capable de créer un roman entier autour de la suite des événements pour ces deux personnages, je me suis dit qu'ils méritaient eux aussi de connaître le bonheur. C'est ainsi qu'est née l'idée de cette nouvelle.

Je tiens à remercier mon éditrice, Alicia Dean, et ma formidable partenaire et critique, Kathy Altman, pour toute l'aide et le soutien qu'elles m'ont apportés sur les livres originaux. Et merci à Elaini Caruso qui a relu les versions 2021 mises à jour. Mon plus grand cri d'amour et de reconnaissance va à mon mari et à mes enfants qui me supportent au quotidien, même lorsque je n'ai pas le temps de prendre une douche. Je vous aime !

Merci à mon équipe de traduction française, Sophie Salaün et Florence Glémot. Et aussi à ma merveilleuse assistante, Jill Glass.

DÉCOUVREZ L'UNIVERS DE LA SÉRIE COLD JUSTICE (EN ANGLAIS)

COLD JUSTICE® SERIES
A Cold Dark Place (Book #1)
Cold Pursuit (Book #2)
Cold Light of Day (Book #3)
Cold Fear (Book #4)
Cold in The Shadows (Book #5)
Cold Hearted (Book #6)
Cold Secrets (Book #7)
Cold Malice (Book #8)
A Cold Dark Promise (Book #9~A Wedding Novella)
Cold Blooded (Book #10)

COLD JUSTICE® – THE NEGOTIATORS
Cold & Deadly (Book #1)
Colder Than Sin (Book #2)
Cold Wicked Lies (Book #3)
Cold Cruel Kiss (Book #4)
Cold as Ice (Book #5)

COLD JUSTICE® – MOST WANTED

Cold Silence (Book #1)

Cold Deceit (Book #2)

Cold Snap (Book #3)

Cold Fury (Book #4)

Cold Spite (Book #5)

Cold Truth (Book #6)

À PROPOS DE L'AUTEUR

Auteur de best-sellers du *New York Times* et de *USA Today*, Toni Anderson écrit des thrillers romantiques sur le FBI, à la fois incisifs et sexy.

Originaire d'une petite ville du Shropshire en Angleterre, Toni a étudié la biologie marine à l'université de Liverpool et à l'université de Saint-Andrews (oui, vous pouvez l'appeler « Dr Anderson ») avec l'intention de ne jamais s'éloigner de l'océan. Ce plan s'est retourné contre elle, et elle a fini au milieu des prairies canadiennes. Les plus grandes réalisations de Toni sont : la maîtrise du métro de Tokyo, l'escalade du Ben Lomond, la plongée en apnée sur la Grande Barrière de corail et survivre à dix-neuf hivers à Winnipeg (jusqu'à présent). Toni aime voyager pour faire des recherches et a eu la chance de visiter le centre d'opérations et d'informations stratégiques au sein du quartier général du FBI à Washington, D.C. Lors d'une formation à la Writer's Police Academy dans le Wisconsin, elle a eu l'occasion de pousser une autre voiture hors de la route lors d'une course-poursuite.

Ses livres ont remporté le prix Daphné du Maurier pour l'excellence dans le domaine du mystère et du suspense, le Readers' Choice, l'Aspen Gold, le Book Buyers' Best, le Golden Quill, le National Excellence in Story Telling Contest et le National Excellence in Romance Fiction. Elle a été finaliste du Vivian Contest et du RITA Award des Romance Writers of America, et présélectionnée pour le Jackie Collins Award for Romantic Thrillers, dans le cadre des Romantic Novel Awards.

Les livres de Toni ont été traduits en cinq langues et plus de trois millions d'exemplaires ont été téléchargés.

Inscrivez-vous à la newsletter de Toni Anderson en française :
www.toniandersonfrancais.com/newsletter/

Découvrez la bibliographie de Toni Anderson :
https://www.toniandersonfrancais.com/livres/

N'hésitez pas à visiter la boutique de Toni Anderson pour découvrir ses autres livres et bénéficier d'offres exclusives !
https://toniandersonshop.com

 facebook.com/ToniAndersonFrancais

 instagram.com/toni_anderson_author

 tiktok.com/@toni_anderson_author

bsky.app/profile/toniandersonauthor.bsky.social